혼자 있는 시간에
익숙해질 때

혼자 있는 시간에
익숙해질 때

박철우 지음

DAYEONBOOK

'나는 신어보지도 못한 신발을 누구보다 많이 갖고 있다.'

　창문을 열어젖히면 행인의 발과 나의 눈높이가 나란하게 되는데, 반지하 방에 오래 살면서 주제넘게 창밖의 풍경을 사랑한 죄가 아닐까 싶다. 혼자 됨의 후유증이다. 그 시절, 창문만 열어놓으면 창틀 안으로 참 많은 신발이 들어왔다 나갔다. 나는 멍하니 앉아 지나가는 신발 개수를 세며 놀았는데, 걸음걸이를 보면서 그 사람의 성격을 미루어 짐작하곤 했다.

　언젠가 창틀 위에 올려둔 화분 속 꽃이 햇살을 충분히 맞고도 시들었는데, 그 이유가 궁금했다.

　일요일 오후. 약속 시간보다 조금 일찍 집을 나섰다. 지하철역 모퉁이에 위치한, 자세히 들여다봐야 입구를 찾을 수 있는 지선이네

꽃가게 문을 열고 들어가 그 이유를 물었다.

"바람이 없어서 그래요. 꽃도 그렇고, 사람도 그래요. 생명이 활기를 유지하기 위해서는 추워도 바람 앞에 서 있어야 한답니다."

당시 내가 살던 반지하에는 바람이 불지 않았다. 바람은 항상 머리 위에서 불었다. 불어도 분 줄 모르고 창문을 닫으면 바깥 날씨로부터 격리되는 곳, 반지하는 그런 장소였다. 24시간 내뿜는 백열등이라는 인공조명이 없는 한 어둠이 계속되는 곳, 실낱같은 빛이 들어오는 지상을 올려다보는 일 외엔 세상 구경을 할 길이 없는 불공평

한 보금자리였다. 어두운 나의 내면이었다. 그렇기에 연일 언론에서 불공평함을 논하는 시국에도, 지상에 살게 된 현 상황에도 여전히 삶의 불공평함은 '바람'의 차이라고 믿는다.

이번 책에 엮은 글은 차가운 철제 현관문 뒤편의 이야기, 계단을 밟고 지상으로 올라가는 과정에서 쓴 문장들임을 밝힌다.

이제는 불공평한 것도 삶의 이면이라고 생각한다. 볼품없이 낡아 버린 기억 속에도 명과 암은 공존하게 마련이다. 손바닥과 손등의 느낀 바가 다르다 해도 모두 하나의 손에서 비롯된 감각이다. 불쾌하기 짝이 없는 습습한 장마조차 삶의 이면으로 받아들일 수 있다면……. 많이 끈적했던 날, 서로의 허리를 감싼 채 우산 하나로 빗속을 걸어가던 추억 하나쯤 갖고 있지 않던가.

이 책을 통해 당신을 위로하려는 건 아니다. 타인의 마음을 따뜻하게 감싸 안는 그런 능력이 내게는 없다. 그럼에도 세상에 외치는 것은 혼자 됨을 충분히 즐겼다면 그만 지상으로 올라오라는 말이다.

그럴 수 있다면, 만선의 꿈을 싣고 출항하는 어선의 뱃머리까지 올라오라는 말이다. 그곳에서 정성스럽게 볶은 안주로 술상을 차려놓고 기다릴 테니, 소주 한 잔 나누면서 미지의 바다로 함께 나가자는 말이다.

당신이 이 책을 읽다가 한 줄이라도 마음에 드는 구절을 발견한다면, 그건 다 나의 까칠함을 착실하게 포장해준 출판사의 공이다.

참, 고백하자면 이번 겨울은 당신과 눈瞳을 보지 않을 것이다. 이유는 본문에서 확인하시라.

박철우

[PROLOGUE] 004

검은—— 진심

촌스러운 것들에 멋을 느낀다.

비린내 나는 시장 골목을 뚫고서 양손 끝에 걸려 있는 비닐봉지가 더 이상 부끄럽지 않다. 여물지 못한 시절이었다. 세련된 종이가방 앞에서 손을 뒤로 숨기곤 했던 나의 작은 마음을 이제야 회상한다. 그 시절, 케이크 한 조각에 어우러진 에스프레소는 과시였고, 떡과 식혜는 나의 내면이었다.

떡을 담은 검은 봉지는 부끄럼이었다. 이를테면 지방에서 올라온 아이의 자격지심이랄까. 한 손에 들린 그것은 '나 촌놈이요'를 끊임없이 외쳤다.

　투영되지 않는 것이 주는 의심을 피하려고 안이 훤히 들여다보이
는 마트 것을 소비했다. 예쁜 플라스틱 용기에 포장된 브로콜리를
사고, 대형마트 로고가 큼지막하게 박힌 하얀 비닐봉지에 담아 왔다.

　검은 진심이었다. 하얀 봉투에 담긴 플라스틱 채소는 눈에 보이는
거짓이었고, 진심은 남들이 보지 못하도록 검은 봉지 안에 감춰둔
것이다.

시린 —— 피크닉

지난달 충치 치료했던 딱 그 자리다. 차가운 와인을 들이켜던 여름
밤을 비웃기라도 하듯, 아침부터 잇몸은 물이 닿는 것만으로 신음을
토해낸다.

내심 다행.

근사한 와인 바에서 일하는 친구 녀석에게 다녀왔다. 402번 버스
를 타고 강남역에서 회현역으로 가는 코스. 남산의 허리를 휘감으며
정상을 향해 갈 때 버스 안 승객들은 일제히 창문 밖을 주시한다. 누
구도 스마트폰을 보지 않는 시간, 그 유일한 시간에 사람들은 도시
전체가 내뿜는 불빛에 넋을 놓고 만다. 402번 버스 승객들은 야경이
라는 중력에 매 순간 굴복했다. 굴욕이 아닌 유일한 굴복이었다. 하
마터면 그대로 정류장을 지나칠 뻔!

보통 이런 곳은 여자 친구랑 차를 타고 가는 경우가 일상다반사인
지라 뚜벅이에 대한 배려는 없어 보였다. 침침한 가로등 불빛 아래

어림잡아 70도는 돼 보이는 가파른 언덕을 두 개 넘고서야 비로소 가게가 눈에 들어왔다. 37도에 육박하는 날 말이다.

시원한 에어컨이 좋았다. 20미터는 족히 넘는 일자형 공간에 모든 테이블은 일렬로 늘어서 있었다. 알 수 없는 이질감이 느껴지는 공간. 구석 안쪽으로 들어가 자리를 잡았다. 장롱만 한 크기의 스피커가 천장에 매달려 위축감마저 더해주었으니, 텅 비었다 해서 메인 테이블로 전진할 순 없는 노릇이었다.

시선이 흔들렸다. 양손이 대리석 테이블과 무릎 위를 쓸데없이 오갔다. 메뉴판을 들고 오는 친구의 모습은 흡사 무릎 꿇고 벌서는 초등학생에게 다가오는 선생님 같았다. 시간은 마감을 향해 흘러갔고, 손님은 우리뿐! 마지막 오더를 기다리는 주방의 모든 시선이 우리에게 쏠려 있었다. 이럴 줄 알았으면 옷이라도 깔끔하게 입고 올걸. 원래 짭조름한 스파이시 치킨에 생맥주를 마실 작정이었다. 딱 그만큼만 차려입고 있었다.

번듯하게 꾸미고 와도 촌스러운 것, 나는 지금 옷차림이 여유 있어 보인다 믿었다. 아니 믿고 싶었다. 유독 거친 소리를 내며 목 끝까지 올라오는 지퍼가 얄밉게만 느껴졌다.

한껏 위축된 목소리마저 떨어진 주방에 흘러 들어갈까, 손가락을 까딱거려 주문을, 아니 오더를 넣었다. 검지는 친구를 가리킬 뿐이고, 입 대신 눈이 말한다. '네가 다 알아서 하면 된다'라고.

자고 일어났더니 시렸다. 분수에 넘치는 유흥을 즐긴 대가가 상세히 기록된 영수증, 그 종이 쪼가리를 보고 있자니 마음이 시렸고 덩달아 이까지 시렸다. TV에선 경북 영천의 낮 기온이 40도를 넘었다는 뉴스가 나오는데 말이다.

TV의 또 다른 장면. 유럽 어딘가의 가정집이 화면을 채웠다. 직접

포도를 재배해서 만든 와인과 유럽풍 음식들이 푸짐하게 차려져 있었다. 눈앞에 놓인 광경이 현실이라면, 40도에 달하는 불볕더위도 견뎌낼 테지. 나는 다시 생각했다.

'그럴 리가.'

창문을 뚫고 들어온 햇살이 신용카드 IC칩 위에 쓸린 찰과상을 비추었다. 카드를 긁는 밤은 언제나 나를 꿈속으로 이끌었다. 지금 이 순간, 12시간 만에 다시 같은 요행을 바란다. 치과 가는 길, 오후 3시에 7호선을 기다리면서.

기울어진 —— 자존심

흔들림에 몸이 적응하지 못한다.

쟁반 위로 처음 세워본 여러 종류의 병들, 안전하게 주문 테이블까지 나르는 것만으로 돈을 받기로 한 첫날, 힘없이 떨린 나의 손 때문에 맥주병이 균형을 잃고 쓰러졌다. 그 맥주병은 옆에 있던 소주병을 밀쳤고, 소주병은 소주병을 밀쳐냈다. 와장창.

그날 이후, 쟁반 위에 키 큰 맥주병과 상대적으로 키가 작은 소주병이 나란히 서 있는 것을 볼 때 나는 식은땀을 흘린다. 타인 앞에서 쟁반을 들어야 한다면 꼭 벌거벗은 기분이 든다. 치부를 드러내고, 그런 내 모습에 꽂힌 사람들의 비웃는 시선을 지울 수 없다.

어디서든 쟁반만은 들고 싶지 않았다. 그 덕분에 아르바이트 환경은 늘 열악했다. 한여름이었다. 여행 경비를 벌기 위해 꼼장어 구이 전문점에 아르바이트 면접을 보았는데, 사장님은 서빙을 요구했다. 나는 말했다. "싫습니다. 초벌구이를 배우고 싶습니다. 고기는 많이 구워봤으니, 시켜주시면 잘할 자신 있습니다"라고.

허허. 사장님은 기가 차다는 듯 웃으셨다. 굳이 한여름 연탄불 앞에 가서 쭈그리고 앉으려는 이유를 물었다. 답하지 않았다. 함께 면접 본 친구는 쾌재를 불렀으리라.

그 덕분에 그해 8월은 내게 가장 길고 더운 여름이 되었다. 하루 7시간, 화덕 앞에 쭈그리고 앉아 꼼장어를 구워냈고, 남는 시간에는 철수세미로 불판을 닦았다. 손님 없는 날엔 동치미 담글 무를 썰고, 양파 입자와 사투를 벌이며 눈물 흘리기도 했다. 그럴 때마다 나는 한나를 떠올렸다. 소설 《책 읽어주는 남자》 속 주인공인 그녀는 자신의 문맹을 숨기기 위해 재판장에서 거짓을 고한다. 거짓말 치고도 조금 큰 거짓말을.

"내가 유대인 수용소 학살 보고서를 썼어요."

같은 소설을 세 번 읽었음에도 알지 못한 그녀의 심정을, 얼떨결에 꼼장어를 뒤집다 이해하고 말았다. 그건 열등감이었다.

커피 두 잔이 놓인 쟁반을 두 손으로 든 채 걸어 나가는 여인의 꽁무니를 쫓는다. 그녀를 따라 테라스로 나선다. 커피잔에 비해 쓸데없이 큰 쟁반은 불안한 미래를 암시하는 복선이다. 키보다 큰 유리문을 열기 위해, 들고 있던 쟁반에서 왼손을 떼는 순간 균형이 깨진다. 커피는 순식간에 요동치고, 애석하게 커피잔을 타고 왈칵 흘러내린다. 왼손은 거들 뿐이라고 누가 말했던가. 이런 내 모습은 오늘도 구경거리다. 기어코 문 앞에 앉은 모두를 일어나게 만들었으니……

넘쳐흐른 라테가 유난히 쓰다.

흔들림에 몸이 적응하지 못한다.
넘쳐흐른 라테가 유난히 쓰다.

진득한 —— 원룸

피로에 잠식된 채 더위에 등 떠밀려 깨어난다. 서울이 38도를 넘어가는 일은 상경한 이후로 처음 겪는다. 주간 날씨는 비 한번 오지 않고 무더위를 이어갈 생각인가 본데, 이럴 줄 알았으면 에어컨이라도 미리 고쳐놓을 걸 그랬다.

2년 계약 전세방. 집이라기보다는 그저 단칸방이라고 할 만하지만, 그렇다고 1억이 넘어가는 공간을 방 한 칸으로 표현하는 것도 께름칙하다.

이사 오기 전에 살던 집은 꽤 넓은 반지하 방이었다. 골목을 뛰놀다 발을 헛디딘 건지, 혼자 사는 내가 외로워 보였던지, 흑석동을 떠도는 벌레들은 무작정 동침했는데 실상 내겐 선택권이 없었다. 싱크대 뒤로 숨어든 귀뚜라미 한 마리는 제 명이 다하는 날까지 쉬지 않고 울어댔고, 습습한 장마철엔 곰팡이 꽃이 피었다. 좁아도 신식 건물에 살고 싶다는 생각이 간절한 1년이었다.

발가락을 펴지 못하고 잠들던 고시원생활로 좁은 공간에 이골이 났다.

호흡기에 좋지 않다, 볕이 들지 않아서 우울증을 유발한다는 등 숱한 단점이 있음을 알면서도 반지하 방으로 이사한 이유는 알아본 방 중 가장 넓었기 때문이다. 하나를 얻기 위해선 다른 하나를 포기해야만 했다(인생은 원래 얄궂다).

그리고 고시원을 지나 반지하까지 거쳐서 온 지금의 방은 오직 쾌적함 하나만을 위한 선택이었던 것! 더 이상 벌레들과의 동침이 싫었고, 갈 곳 잃은 채 고인 묵은 공기의 텁텁함도 싫었다.

지금 사는 집 또한 언덕에 자리 잡고 있다. 형식적으론 4층에 불과하지만, 아래에서 보면 15층 높이의 아파트와 동일 선상에 위치한다. 무엇보다 원룸 치고 시야가 트인 점이 마음에 들었다. 방을 보러 온 첫날, 이만한 집이 없다고 생각했다. 그 덕분에 작년 이맘때쯤 (2017년 여름), 에어컨 한 번 틀지 않고 무더운 여름을 보낼 수 있었다.

　반면 올해(2018년 여름)는 믿었던 15층 높이의 창문마저 더위 앞에 무릎 꿇고 말았다. 앞으로 나아가지 못하고 정체된 공기는 방바닥을 데웠고, 때마침 에어컨까지 고장 나버렸다. 믿을 거라고는 7년 전엔 산 선풍기뿐이었다.

　요즘 같은 날, 나만 한 워커홀릭도 없으리라. 새벽 6시, 해가 뜨면 새벽이라는 단어가 무색할 만큼 환한 세상이 되어 있다. 그로부터 태양의 열기가 방 안을 데우는 데까지 걸리는 시간은 고작 30분. 술을 진탕 마시고 잠들어도 6시 반이면 절로 눈이 떠지곤 한다.

　하늘에 뜬 태양이 덮어준 이불을 걷어차고 깨어난다. 냉수로 목을 축이곤 곧바로 욕실로 직행. 샤워가 끝나면 식빵 한 조각과 아이스 커피로 더위를 날린다.

　자기 전 미리 골라놓은 옷을 입고 곧장 사무실로 출근한다. 웬만해선 해가 떨어지기 전에 사무실 안에서 움직이지 않는다. 어둠이 기나긴 낮을 충분히 물들인 뒤에야 사무실 밖을 나선다. 여전히 집에 들어갈 마음이 생기지 않는다. 한여름의 헬스클럽은 최대한 집에 늦게 들어가기 위한 꼼수의 장이다.

　진득한 기분을 느끼게 하는 것들을 몽땅 없애고 싶다. 방바닥을 데
우는 태양과 후텁지근한 습도를 채워주는 장마, 맞닿은 건물로부터
사생활을 보호하기 위해 내려둔 블라인드까지.

　답답한 마음에 블라인드라도 뜯어내면 괜찮을까 싶어 괜히 한번
펄럭여본다. 이내 불 켜진 옆방의 사내를 보며 씁쓸한 맥주만 들이
켠다.

파란 ── 스크램블

소설책을 읽는데 '스크린에 불이 들어왔다'는 구절이 내겐 '스크램블이 돌아왔다'로 읽혔다.

친구들과 같이 영화를 보거나 책을 읽고 이야기를 나눌 때 종종 내가 뽑은 명장면이 그들에게 아무런 영감을 주지 못했다. 그런 일이 잦아질수록 친구들은 취향 독특한 놈이라는 핀잔 대신 신기한 눈동자로 헛웃음을 내비쳤다.

확률을 좋아하지 않는다. 그래서 대중성이라는 말도 좋아하지 않는다. 보고 듣고 느낀 것들 중 가장 빈번하게 나타나는 반응, 대중성. 나는 대중가요를 듣지 않으면 시대를 따라가지 못하는 사람으로 취급받고, 여론과 반대되는 생각을 하면 잘난 척 혹은 빨갱이로 취급받는 세상이 싫다.

얕은 생각은 현혹을 기다린다. TV와 언론매체가 선택한 가십을 기정사실로 하고, 쟤가 입고 있는 브랜드 옷은 마냥 좋아 보이는 그런 기분 말이다.

깊은 생각에는
대체재가 없다.

왜냐하면 생각은
바다를 많이 닮았으니까.
밀물과 썰물처럼 말이다.

괜한 ─── 걱정

어느 날, 램프 안에서 지니가 나타나 소원을 딱 하나만 들어주겠다고 한다면, 어떤 소원을 빌어야 할까. 그런데 그동안 착하게 살아오지 않아서 큰 소원은 못 들어주겠고, 그러니 소박한 것 하나만 말해보라 한다면?

나는 망설임 없이 외칠 것이다.

"가방을 들어주세요!"

'혹시 몰라서' 넣고 다니는 것들이 가방의 무게를 더한다.

미성년의 티를 채 벗지 못하고 대학에 입학했던 3월, 렌즈가 끼고 싶었다. 맨얼굴에 대한 자신감이 아니라 안경을 벗은 얼굴, 그 낯섦에 대한 동경이었다. 열 살 때부터 써온 안경이 주는 익숙함으로부터 탈피하고 싶은 욕망이었다. 그렇게 어른이 될 것 같았다. 사소한 것 하나까지 이전과 달라지면 비로소 어른이 되는 줄 알았다.

다들 잘만 낀다는데, 나만 왜 그렇게 불편한지 모르겠다. 처음엔

렌즈 앞뒤가 분간되지 않았다. 믿지 못하겠지만, 렌즈의 앞과 뒤를
구분하는 데 2년이나 걸렸다. 아무 방향이나 막 껴보고 불편하면 뒤
집어 끼라는 안경집 사장의 핀잔을 지금도 잊지 못한다. 오죽 답답
했으면 그랬을까.

　하루는 친구들과 술 마시러 신촌 거리를 나섰다. 투박한 경상도 사
투리를 쓰는 촌놈이 서울말 가득한 번화가에 발을 들여놨으니, 얼마
나 가슴 설렜을까. 이게 젊음이지 싶었다.
　힐끗하며 신촌 일대를 배회하는 도중 눈이 시려왔다. 이내 걷잡을
수 없이 따가워지면서 눈물이 차올랐다. 렌즈가 접혔다. 다급한 마음
에 친구가 휴대전화를 꺼내 거울을 비춰줬지만, 앞이 보이질 않았다.

에라 모르겠다! 렌즈를 확 뽑아버렸다. 무려 1년짜리 렌즈를 말이다.

그날 이후로 외출할 때 렌즈통과 세척액은 물론 안경까지 꼭 챙긴다. 그밖에도 필수품이라 명명해놓은 것들은 대부분 쓰임새가 없지만, 여전히 가방 한구석에 자리를 차지하고 있다. 김치찌개 먹으러 가는 날엔 손수건도 포함된다. 내 혓바닥은 고춧가루만 감지하면 어김없이 땀을 내보내라 발광한다. 휴지를 뽑아 땀을 닦다 보면 어느새 사장님의 눈초리가 날카로워져 있음을 느낀다.

어른이 된다는 것은 챙겨야 할 게 많아지는 건지 모르겠다. 사람도, 사물도.

바지 주머니에 오천 원짜리 한 장 찔러 넣고, 놀러 다니던 시절이 그립다. 외출할 때 챙긴 거라고는 건강한 몸뚱이와 정신줄 반토막뿐이었으니. 하물며 그것조차도 반토막인지 몰랐던 시절을 이제 와 회상한다. 아니다. 어른이 된다는 것은 챙겨야 할 거보다 의식하는 게 많아지는 건지도 모르겠다.

─── 탈수

탈수기능이 고장 났다. 재설정을 해도 11분에서 맥이 풀려버린다. 지난달 바꾼 세탁기가 이 모양이다. 아직은 옆으로 빨랫감을 집어넣는 데 익숙하지 않다. 허공에서 빨래 바구니를 뒤집어 빨랫감을 쏟아내던 그 통돌이 방식이 그립다. 빨래 더미 사이로 셔츠 소매가 엉켜 있는 것을 발견하더라도, 이제는 골라내지 못한다. 한 번 돌기 시작하면 뚜껑을 열지 못하기에 참 불만이다. 양말 한 짝을 뒤늦게 발견했을 때, 다음번 돌릴 때까지 기다려야 한다.

셔츠 한 장이 탈수되지 않고 있다. 책을 읽다 세탁기 앞으로 달려가기를 다섯 번. 지금은 여섯 번째 탈수기능을 재설정하고 있다.

문득 겁이 났다. 탈수가 안 되면 흰 셔츠가 영원히 마르지 않을 것 같은 불안감이 엄습했다. 어처구니없는 생각이었음을 깨닫기까지 꽤 오랜 시간이 걸렸다. 손으로 짜도 될 일을, 고장이 난 기계에 여섯 번씩이나 시도하고 있는 걸 보면 말이다.

　노란 스티커에 적힌 작은 글씨 사이로 AS센터 전화번호를 찾다가, 문득 빨래터에서 방망이질을 하는 아낙네가 떠올랐다. 비로소 셔츠가 마른다는 확신이 들었다. 그새 또 탈수에 실패했음을 알리는 알림 소리가 방 안에 울려 퍼진다.

—— 시차

사람 사이엔 좁혀지지 않는 틈이 존재한다.

나란히 서서 같은 곳을 바라보지만, 제 거울에 비추어 나름의 감정을 느껴버린다. 한 인간은 꼭 무엇을 느끼느냐에 따라 삶의 방식이 결정된다는 것을 미처 알지 못했다.

치열한 일상을 지내다가도 문득 나라는 사람이 지루해지는 날, 그날엔 꼭 다른 사람의 몸 안에 들어가 그와 나의 시차를 가늠해보고 싶다.

오늘이 꼭 그렇다. 전화를 걸어온 친구들에겐 바쁜 척해놓고 혼자서 지루한 일상을 보내는 중이다. 영화 보고, 글 쓰고, 운동하고, 생각하고. 평소 가만히 내버려뒀으면 좋겠다는 생각이 무색해질 만큼 오늘은 지루하기 짝이 없는 하루를 견뎌내고 있다.

난 이렇게 지루한데, 웃고 있는 네 본심은 무엇일까. 내게 늘 괜찮다고 말하는 네 마음은 정말 괜찮은 걸까. 오붓하게 대화하고 있는 척했지만 우리의 시차는 확연히 달랐던 것이다.

치열한 일상을 지내다가도 문득 나라는 사람이 지루해지는 날,
그날엔 꼭 다른 사람의 몸 안에 들어가
그와 나의 시차를 가늠해보고 싶다.

짧은 ——— 글

분량에 얽매이고 싶지 않다.
생각이 닿는 데까지만 쓰고 싶다.

글도 그렇고, 사람도 그렇다.
딱 이 정도면 됐다.

좁은 틈새가 주는 —— 희열감

　지하철 끝자리에서 일어나 양쪽 어깨 사이를 비집고 들어오는 중년의 진심은 무엇일까.

　처음 집합 수업을 듣던 중학교 1학년 수학 시간만큼이나 꽤 신선한 충격을, 아니 영감을 선물받았다.

　퇴근길, 누구나 앉고 싶어 하는 자리. 어깨가 넓은 사람은 한쪽 팔을 바깥으로 빼내어 널찍하게 갈 수 있고, 피곤한 사람은 기둥에 기댄 채 단잠을 이룰 수 있는 특권이 있는 자리. 확실히 운이 거들어줘야 앉을 수 있는 끝자리다.

　그런 자리를 포기한 중년과 어깨를 맞대고서 퇴근길을 내달렸다. 임산부 좌석이거나 노약자가 기다리는 것도 아닌, 그렇다고 커피를 쏟아서 의자가 더러워진 것도 아닌 자리를 포기하고 20대 장정 어깨

사이를 비집고 들어온 그의 진심은 무엇이었을까.

　중년이 떠난 끝자리는 마치 누군가를 위해 비워둔 자리처럼 쓸쓸
함이 느껴졌다. 한 정거장, 두 정거장 지날 때마다 비워진 끝자리를
바라보며 궁금증과 더불어 알 수 없는 공허감이 짙어졌다.

부자연스러운 —— 너와 나

　한기가 느껴지는 에어컨 밑에서 따뜻한 물을 마시는 사치를 즐긴다. 감당할 수 없는 전기세 때문에 주로 도서관에서 누리는 얄팍한 사치다. 간혹 담요를 덮는 동지를 만나기도 한다. 어찌 됐건 너나 나나 확실히 부자연스러운 모습이다.

　1도만 올리면 될 줄 알지만, 누구도 먼저 일어나 리모컨을 들지 않는다. 미세한 차이로 가볍던 공기가 차지도 뜨겁지도 않은 애매한 온도가 되는 게 싫어, 몸 전체에 느껴지는 으스스한 한기를 제자리에 앉아 견뎌낸다.

　따뜻한 물을 마시기엔 땀이 나고, 담요를 덮기엔 갑갑한 그런 온도가 싫다. 그래서 더욱 부자연스러운 모습을 하기로 했다.

따뜻한 물을 마시기엔 땀이 나고,
담요를 덮기엔 갑갑한 그런 온도가 싫다.
그래서 더욱 부자연스러운 모습을 하기로 했다.

간지러운 ─── 진심

그림을 좋아한다. 예술적 조예가 깊다거나 잘 그려진 그림을 알아보는 재간은 없다. 그래서 미술관에 걸린 추상적인 그림보다 쉽게 그려진 일러스트의 솔직함을 좋아한다.

학창 시절, 친구 따라 아이돌 그룹을 좋아한 것 외엔 좋아하는 배우가 있다거나 이른바 '덕질'의 대상을 가져본 적이 없다. 그런 내게 몇 년 전부터 좋아하는 일러스트 작가가 생겼다. 예명만큼이나 따뜻한 그림을 그리는 작가다. 색연필로 스케치한 그녀만의 질감이 좋았다. 자신의 플레이리스트에 담긴 노래를 듣고 떠오른 영감을 종종 그림으로 그려 SNS에 올리는데, 내게 쓸데없이 인스타그램을 들락거리게 만드는 빌미를 제공한다.

단조로운 삶에 몇 안 되는 취미생활 중 하나가 전시회 관람이다. 한 달에 한 번쯤 코엑스를 드나든다. 그중에서도 매년 빼놓지 않고 가는 전시회가 있는데, 〈서울일러스트레이션페어〉와 〈CAFE SHOW〉다. 그림은 무더위의 불쾌함을 잠시나마 잊게 하고, 커피는

추운 겨울날 입안의 온도를 올리기에 적합하다. 그래서 그림 전시회
는 여름에, 커피 박람회는 겨울에 하는지 모르겠다. 지극히 내 생각
이지만 말이다. 아무튼 오늘은 〈서울일러스트레이션페어〉의 셋째
날이다.

재작년 첫 책을 탈고하던 기억이 스친다. 내 손으로 만든 문장을
세상에 내놓는 기분이 여태 느껴온 뿌듯함과는 사뭇 달랐다. 자식을
낳는 게 이런 기쁨일까 싶을 정도로 한없이 행복했다. 손바닥만 한

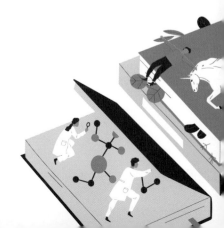

아기 옷을 비싸게 주고 사는 엄마들처럼 그땐 책에 제일 멋진 옷을
입혀주고 싶다는 생각뿐이었다. 그리고 그 옷은 내가 좋아하는 일러
스트 작가님 손에서 만들어졌으면 좋겠다고 생각했다.

　출판사와 협의도 잘됐다. 그리는 값을 내가 지불하면, 표지로 채택
하겠다는 의사를 전달해왔다. 까짓것, 얼마이든 아깝지 않았다. 그림
만 받을 수 있다면 말이다.

　출간 1주일 전, 출판사는 표지가 촌스러워 사용할 수 없다는 일방
적인 통보를 해왔다. 그리고 삼류작가에겐 출판사의 요구를 뒤집을
능력이 없었다.

　'작가님, 그림이 촌스럽대요.'

　이 메시지도 차마 전하지 못했다.

　〈서울일러스트레이션페어〉에 작가님도 참가했다. 조그마한 부스
앞에 도착했을 때 말을 걸어보고 싶었다. 모든 작업을 SNS 메시지로
진행했던 터라 서로 일면식이 없었다.

난 정말 당신의 열렬한 팬인데, 출판사가 나빴다고 말해주고 싶었다. 그러기엔 그림을 구매하려는 사람이 너무 많았다. 혼자 간직해둔 구구절절한 사연을 전부 쏟아낼 기회는 쉽게 허락되지 않았다.

500명 앞에서 마이크 잡을 때도 이렇게 떨지 않았고, 회사 사장님한테 직언할 때도 이만큼 망설이지 않았으리라. 인사 한마디 하지 못한 채 2년 동안, 벽에 걸린 포스터만 만지작거리다 돌아오기를 반복했다. 오늘도…….

—— 유려하다

꽃꽃함을 유지하려는 노력이 아름답다. 등받이 없는 의자에 앉아
서도 두 시간 동안 등이 굽지 않는 절개! 지하철의 흔들림을 짝다리
짚지 않고 견뎌내는 가냘픈 다리에서 아름다움을 느낀다.

몸은 언제나 흐트러지길 바라고, 마음은 그러지 말라고 부탁하는
형국이다. 꽃꽃한 자세만이 갖는 미세한 곡선을 느껴보고 싶다. 무거
운 가방을 메도 처지지 않는 단단한 일자형의 어깨를 갖고 싶다. 자
유분방한 발목이 한곳으로 향하길 바란다.

새벽에 펄럭인 —— 이불

여름에는 무덥기에 해가 지길 기다렸다가 늦은 밤에 글을 쓴다. 따가운 볕이 방 안의 공기를 데우면, 감정의 맨 앞줄엔 불쾌함이 자리하게 마련이다.

여름에 밤이 좋은 만큼 겨울엔 아침이 좋다. 차가운 새벽 공기가 코끝을 시리도록 간지럽히면 자연스레 눈이 떠진다. 창밖엔 해가 뜨지 않아 여전히 어둡지만, 괜한 뿌듯함이 들어 좋다.

보통은 미처 끄지 못하고 잠든 조명에 눈이 부셔 깨어난다. 어두운 세상에 내 방만 붉게 빛나는 것을 알아차리며, 점차 의식이 돌아오는 기분이 나쁘지 않다.

침대에 누운 채로, 힘껏 발을 쳐들어 무거운 겨울 이불을 펄럭인다. 자는 동안 체온으로 데워진 이불 안쪽으로 차가운 공기를 불러들인다. 겨울철 야외 노천탕 안에 몸을 담그면 물속의 몸은 따뜻하고 물 밖의 머리는 차가운데, 이불을 펄럭일 때 꼭 그런 기분이 들어

서 좋다. 눈이라도 내리는 날엔 잠시나마 모든 걱정을 내려놓는다.

한겨울 새벽에 펄럭인 이불 사이로 들어앉은 차가운 공기가 또다시 데워지기까지 걸리는 시간이 퍽 기분 좋다. 이불과 몸 사이를 더진하게 밀착시키며 이대로 다시 잠들 테다. 펄럭인 이불은 그런 의미니까.

—— 무르다

단단함을 파고드는 무른 존재는 용감하다. 단단함은 경직되어 무른 것들의 자유분방함에 대처하지 못한다. 그 스며드는 속성이 좋다. 자신이 어디를 향하는지 저도 모를 테지만, 단단한 것들의 감춰진 속을 뚫고 지나가는 용기에 두려움은 없어 보인다.

자신이 어디를 향하는지 저도 모를 테지만,
단단한 것들의 감춰진 속을 뚫고 지나가는 용기에
두려움은 없어 보인다.

—— 집착

　꼭 내 것이 좋다. 누릴 수 있는 것보단 가질 수 있는 것에 집착한다. TV를 놓더라도 전셋집보다 매매계약서가 있는 '내 집'에 놓고 싶다. 자전거를 탄다면, 서울시 공용자전거 '따릉이'보다는 현관 앞에 주차해둔 로드 자전거를 탈 때 기분이 좋다.

　초등학생 시절, 우리 삼 남매는 엄마 손에 이끌려 종종 도서관에 다녔다. 애 셋이 집에 있어봤자 싸우기만 할 테니까. 표면상으로 어른이 된 지금, 종알거리는 아이들을 보고 있는 건 딱 10분 정도면 족하다. 11분부터는 혼자 있고 싶단 생각이 간절해진다. 그 시절 도서관은 그런 엄마의 마음을 대변하는 장소였던 건 아닌지 모르겠다. 누나들이 차분하게 책을 읽기 시작하면, 눈을 피해 3층 정보실로 도망가곤 했다. 모니터 너머로 사서 누나의 동태를 살피며 핑퐁 게임 따위를 했다.

어릴 적 나의 유일한 관심사는 농구였다. 지금은 NBA를 많이 보지만, 당시엔 한국 프로농구도 꽤 인기가 좋았다. 나는 열 개 구단에 소속된 외국인 용병 이름까지 줄줄이 꾀고 다녔고, 비디오 게임도 농구 게임만 선호했다. 도서관에 가자는 엄마 손을 뿌리치지 않은 것도 《슬램덩크》를 보기 위함이었다.

강백호가 유명인사라는 건 고등학생 때 알았다. 그전까진 소수만 즐겨보는 작품성 있는 만화로 착각하고 있었던 것이다. 2002년 한일 월드컵 덕분에 그 시절 또래들의 관심사는 온통 축구였으니 그럴 법도 했다.

숱한 도서관 방문기를 가지고 있었지만, 끝까지 완독한 책은 슬램덩크가 처음이었다. 내일도 읽고, 모레도 읽고 싶었다. 그래서 돌아가기 전 슬램덩크 1편을 책장 뒤에 몰래 숨겨놓았다.

홀로 보물찾기 놀이를 했다. 도서관에 도착하면 슬램덩크부터 찾아 나섰다. 숨겨놓은 자리에 그대로 있는 걸 보면서 혼자 즐거워했던 기억이 선명하다. 도서관은 내게 보물찾기 놀이를 할 수 있는 장소였고, 어린 시절 관음증 욕구를 충족시켜주던 유일한 공간이었다.

그 재미도 일주일을 가진 못했다. 책이 없어진 걸 의심한 사서 누

나가 숨겨놓은 책을 발견했다. 언젠가 찾은 열람실에선 제자리에 꽂혀 있었다. 내 것도 아닌 내 것을 빼앗긴 기분은 무척 씁쓸했다.

빌려 가면 될 것을 왜 숨겨놓았을까. 그렇다. 2주 뒤에 반납해야 하는 게 싫었던 것이다. 내 것이 아니라 잠시 빌린 것뿐이니까. 나 말고도 누구나 볼 수 있었으니까. 나의 소유욕은 그때 제대로 깨어났다.

문득 상황이, 내 현실이 죄다 마음에 들지 않는 날이 있다. 10년 뒤 지금과 별다를 것 없는 일상을 보내고 있을지도 모른다는 생각이 들면, 당장 어디론가 훌쩍 떠나 낯선 자극을 받아들이고 싶은 욕망이 들끓는다.

비 오는 날이 꼭 그렇다. 어디로 가는지는 알고 떨어졌을까. 유리창에 부딪혀 쭉 미끄러지는 빗방울을 볼 때면 나와 닮은 것 같아 측은한 마음이 든다. 딱히 약속도 없고, 그냥 나서자니 떨어지는 빗방울이 거추장스러운 오후 세 시. 한참을 고민하다 지하철을 타고 세 정거장쯤 거리의 옆 동네로 이동한다. 역에서 빠져나와 한참을 두리번거리지만, 마땅히 갈 곳이 없어 비를 피해 스타벅스로 들어선다.

라테 한 잔을 시킨다. 아메리카노만 마시는 일상에 비추어보면 이 또한 작은 일탈임이 분명하다. 글을 써야지 마음먹고 노트북을 열고서 화면 너머로 같은 공간에 있는 이들의 움직임을 유심히 살핀다.

다들 같은 마음인 걸까. 하는 일이야 제각기 다르겠지만, 한 명도 빠짐없이 이어폰을 끼고 자신의 모니터에 집중하고 있다. 저마다 내는 타이핑 소리가 화음을 이루며 공간을 가득 메운다.

유독 맥북이 많이 보인다. 반면 음료에는 통일성이 없어 보인다. 조금 특별한 날, 기분 내러 온 나와 달리, 그들은 구내식당에 밥 먹으러 온 사람처럼 공간에 알맞은 몸부림을 하고 있다. 20만 원짜리 노트북을 가지고 단순하게 만들어진 커피를 마시는 나는, 그런 공간에 어울리지 못하는 것 같아 알 수 없는 부끄러움과 부러움을 동시에 느낀다. 얼떨결에 초대받은 디너 파티에서 왼편에 있는 물과 오른편에 놓인 빵을 양껏 마시고 베어 문 후의 빨개진 볼과 별반 다르지 않을 것이다.

내겐 특별한 날에만 허용되는 사치스러운 공간이 이들에겐 일상인 건지 문득 궁금해진다. 그 예절에 대해서도 말이다.

아주 가끔, —— 믹스커피

거추장스러운 것을 좋아하지 않는다. 커피는 아메리카노만 고집하는 이유다. 원두의 쓴 향기를 시럽이나 휘핑크림 따위가 지우는 것을 내버려둘 수 없다. 무엇보다 커피숍에 가서 매번 어떤 커피를 마실지 고민하지 않아도 된다는 점이 가장 좋다.

집에선 캡슐 커피를 주로 마신다. 창가에 앉아도 바람 한 점 불지 않는 날, 물을 끓이고 여과지를 까는 번거로움을 감내할 자신이 없다. 버튼 한 번이면 에스프레소가 흘러내리는 단조로움이 좋다.

냉동실에 얼려둔 얼음을 텀블러에 옮겨 담고, 냉수 한 컵을 붓는다. 갓 내린 에스프레소 두 잔을 그 위로 붓고선 온종일 들고 다니며 틈틈이 홀짝인다. 이 재미라도 없으면 111년 만의 무더위를 맨정신으로 견뎌낼 자신이 없다.

요 며칠 중독되다시피 에어컨 바람을 쐬다 보니, 기어코 탈이 났

다. 어젯밤부터 울리는 머리를 부여잡고 앓는 소리를 했는데, 자고
일어나니 눈이 아렸다. 자리를 털고 일어나 커피머신 앞으로 가 섰
다. 명령어가 입력된 기계처럼 말이다. 우선 하루 동안 일용할 커피
를 타 놓으면 마음속에 이유 모를 안도감이 들어 좋다. 쇼핑몰 장바
구니에 이것저것 담아놓았을 때의 뿌듯함과 흡사하다.

　집에서 지하철역까지는 약 7분. 평소였으면 역 입구에 도착할 때
쯤 이미 땀으로 샤워를 마쳤을 테지만 오늘은 되려 한기가 느껴졌
다. 우리 몸은 간사한 구석이 있어, 아무리 더운 날이라도 걷는 동안
은 그럭저럭 견딜 만하다. 문제는 버스나 지하철을 기다리기 위해,
휘젓던 사지를 멈추는 순간에 발생한다. 여태 느끼지 못했던 공기의
온도를 체감한다. 기다렸다는 듯 이마에서 출발한 땀이 등을 타고
흘러내린다. 이때 텀블러를 꺼내 커피 한 모금 마시는 것이 으레 일
상이 되었다.

오늘은 텀블러에 손이 가질 않는다. 얼음 온도에 맞춰진 커피가 입 안으로 들어오면 살결에 닿는 에어컨 바람만큼이나 따가울 것만 같다.

에어컨 바람이 불쾌하다. 출근길, 지하철의 에어컨 바람이 살갗을 자꾸 할퀸다. 약냉방칸으로 도망가고 싶지만, 숨조차 제대로 쉴 수 없는 인파 속에서 괜히 왼손으로 오른팔을 문지르는 시늉만 한다.

정신이 몽롱하다. 커피를 마셔서 조금이라도 부여잡고 싶은 마음 이다. 문득 믹스커피를 추억한다. 까슬한 원두의 쓴맛보다 설탕의 단 맛이 먼저 느껴지면, 피부층이 두꺼워져 날카로운 자극들로부터 보 호해줄 것 같은 안정감이 든다. 비로소 에어컨 밑으로 다시 돌아갈 용기가 생길 것 같다.

문득 믹스커피를 추억한다.

까슬한 원두의 쓴맛보다 설탕의 단맛이 먼저 느껴지면,

피부층이 두꺼워져 날카로운 자극들로부터

보호해줄 것 같은 안정감이 든다.

어머니는 짜장면이 —— 싫다고 하셨어

우적우적 치토스 과자를 먹고 있는데, 뒤편 소파에 와서 아버지가 앉으셨다. 나는 두 손으로 봉지를 내밀었다.

"됐다."

아버지는 치토스 대신 쟁반 위로 다소곳하게 쌓인 강정을 집으셨다. 가족들끼리 외식을 할 적에도 불판 위로 고기만 구우실 뿐 본인은 정작 몇 술 뜨지 않으셨다. 어린 시절엔 GOD의 노랫말 '어머니는 짜장면이 싫다고 하셨어'가 진짜인 줄 알았다.

어제는 치토스 표면에 묻은 빨간 가루가 역하게 느껴졌다. 문득 아버지가 집으신 강정은 양보가 아닌 진심이었을지도 모른다는 생각이 들었다. 아들보다 33년을 오래 사신 아버지는 연륜과 더불어 치토스에 묻은 인공 조미료조차 33년을 일찍 경험했을 것이다.

서른도 채 되지 못해, 이골이 난 아들놈은 날마다 아버지를 닮아간다는 것에 연민과 뿌듯함을 동시에 느낀다. 뜨겁게 끓은 국 온도까지…….

벗은 몸처럼 나체가 되어버린 글은 매력이 없다. 사이사이에 쉽게 읽히지 않는 문장 몇 줄 정도는 지어 넣고 나야 비로소 글에서 '모종의 섹시함'을 느낀다. 많이 컸네.

　대한민국 교육사에서 나라는 존재는 나고부터 대학까지 철저히 훈련된 이과교육의 산물이다. 숫자를 좋아했고, 활자를 싫어했다. 수학 숙제를 어긴 적은 없지만, 시를 짓는 백일장은 누나 노트에서 몰래 베껴 제출했다. 오해하지 마시길. 이 글은 내 손으로 직접 쓰고 있는 것이 맞다!

　대학교 졸업을 앞두고 교수님과의 면담 시간. 사회에서 공학도의 위상에 대해 10분 설교를 하고는 "질문 있으면 해봐" 하셨다.

"저…… 교수님…… 글을 씁니다."

"나가봐."

공돌이들에게는 쪼잔한 구석이 있다. 혹은 효율성, 경제성밖에 모르거나. 4년 동안, 아니 자그마치 6년의 시간 동안 강의실에 앉아 배운 건, 적은 돈을 들여 많은 자본을 끌어모으는 방법이었다. 과학 기술 진보에 이바지한 그들의 노고를 무시할 생각은 없다. 그 덕분에 연필심 억눌러가면서 산문을 쓰지 않아도 되니 말이다. 하지만 글쓰기에선 효율성과 경제성만으로는 채워지지 않는 구석이 있는 것도 사실이다.

처음 글다운 글을 쓰겠다 마음먹던 날, 주어를 생략한 글은 한 문장도 허락되지 않았다. 시간과 장소, 주어, 목적어, 서술어까지. 어느 것 하나 빠뜨리지 않고 반복해서 적어나갔다. 독자가 행여 주어를 혼동할까 봐, 그렇게 나름의 배려를 한 것이다. 당시의 글은 변호사가 작성한 조서에 가까운 글이었을 것이다. 생략된 주어가 글을 매끄럽게 연결하는 장치임을 알기까지 꽤 오랜 시간을 소비했다.

결론에 대한 강박도 문제였다. 학창 시절 내내 문학 시간에 배운 거라고는 기승전결 구조 아니던가! 고작 스무 살. 살면 얼마나 살아 봤다고. 매일같이 결론 있는 글을 쓴다는 것 자체가 어폐였다.

요즘엔 주로 도서관에서 글을 쓰다 보니 자판 위에 키스킨을 덮어 두었다. 별거 아닌 듯하지만 얇은 실리콘 패드가 손끝에 전달하는 중압감이 상당하다. 타이핑을 하려면 힘을 실어 꾹꾹 눌러줘야 한다.

처음엔 불편했던 것도 익숙해지면 그리움의 대상이 된다. 이제 키스킨 없이는 글을 쓰지 못한다. 키보드 위로 닿는 실리콘의 촉감이 마음을 평화롭게 한다. 꾹꾹 눌러쓸 때 손가락 끝에서 느껴지는 자극은 재주 없는 글에 힘을 실어주는 위로가 된다.

손 가는 대로 시작한 글은 손 멈추는 대로 끝을 맺는다. 요 며칠은 그렇게 썼다. 어떤 의도조차 담기지 않도록 말이다. 목적 없는 글도 글이지 않은가.

온전히 나를 위한 글쓰기가 필요한 날이 있다. 장마철의 습도가 어깨를 짓누르는 때, 의도적으로 생각을 이끌지 않으면 자꾸만 기억하고 싶지 않은 기억들에 사로잡힐 때…….

힘겹게 한 줄이라도 쓰다 보면 머릿속에 그려지는 이미지가 추억의 어느 한 부분으로 나를 데려간다. 문장에 마침표를 찍을 때마다 꼭 그 기분을 숨겨놓고 싶다. 내가 아니면 문장에 숨겨둔 것들을 찾을 수 없도록 말이다.

—— 손 가는 대로 시작한 글은 손 멈추는 대로 끝을 맺는다.
목적 없는 글도 글이지 않은가.

흐르지 않는 ── 것들

움직이지 않는 시간이 좋다. 마땅히 고민할 거리도 없이, 정해진 일과도 없이 그냥 멍때리는 시간이 좋다. 그러나 진심과 달리 저항하고 싶은 지루함은 꽤 빨리 고개를 내민다. 찰나의 순간, 격동적으로 움직이려는 조급함이 앞서면 단조로움의 균형은 깨져버린다.

일주일에 한 번쯤은 그러고 싶다. 아침은 거르고, 점심과 저녁 두 끼는 시켜 먹는다. 방바닥에 떨어진 머리카락은 내버려두고, 휴대전화 소리는 죽여놓는다. 의미 없는 약속으로 외로움을 떨쳐내지 않는다. 샤워는 하되 린스 정도는 생략한다. 렌즈의 까슬함을 그냥 방치한 채 끔뻑거린다. 콩나물시루 같은 지하철 인파 속에 끼이지 않는다.

멈춘 것들에 온전히 적응할 수 있으면 얼마나 좋을까.

맨 먼저 들어간 부동산에서 보기 드문 매물이라며 11평 크기의 원룸을 소개했다. 비스듬한 언덕에 솟은 건물이었다. 오랜 세월 칠하지 않아 여기저기 얼룩덜룩했는데, 의외로 방 안은 제법 깔끔했다. 한 가지 흠이라면 반지하라는 사실! 언덕길에 지어진 탓에 막상 방 안에서 보면 지상이었다. 보통 반지하 방에서는 창문을 열었을 때 행인의 발과 보는 이의 시선이 동일 선상에 있게 마련이다. 그날 둘러본 방은, 베란다 창문이 옆 건물 2층 창문과 나란히 마주 보고 있었다.

　'이건 지상이잖아!'

　흔히 달동네라고 불리는 가파른 주거지에서만 볼 수 있는 특징이었다. 침대에 누웠을 때 발가락을 온전히 펴지 못할 만큼 비좁은 고시텔생활을 해온 터라, 11평은 그야말로 감지덕지할 공간이었다. 마침 두 시간 뒤 집 보러 올 사람이 있다는 부동산 아저씨의 말에 얼른 도장을 꺼내 들었다. 나의 결단력에 스스로 놀란 날이기도 했다. 그

땐 미처 알지 못했다. 시멘트가 날리는 중심부에서 숨을 쉬고, 귀뚜
라미와 동침할 줄을 말이다.

벌레와 습기에 이골이 났다. 이사 간 지 반년 만에 평수에 대한 미
련을 완전히 버렸다. 좁아도 깨끗한 건물에 살고 싶었다. 대리석은
아니더라도 윤기 나는 계단을 밟고 출근하고 싶다는 바람이 아침마
다 피어올랐다.

올해 이뤘다. 크진 않지만 갖출 건 다 갖춘 원룸에 들어왔다. 침대
를 놓고 책상도 놓았다. 이사 기념으로 부모님 집에서 가져온 47인
치 TV(물론 사용하지 않아 한쪽 구석에 방치되어 있던 것)를 침대에 누워
서 볼 수 있도록 바닥에 놓았다. 그 옆에 이케아에서 산 1인용 소파
까지! 이사 첫날, 나의 주거지는 러브하우스 그 이상의 공간이었다.

금요일 밤엔 빔프로젝트로 멜로영화를 보고 싶다.
한 주를 버텨낸 진득함을 맥주 한 모금으로 위로할 테다.
그러기 위해서 열심히 글을 쓴다, 오늘도.

나는 변하는 사람이다. 아니 간사한 사람이다. 벌레만 없으면 불평하지 않겠다던 초심은 두 번의 관리비를 넘지 못했다. 여전히 더 나은 방을 원한다. 깨끗하고 더 큰 방, 아니 집이라 불릴 만한 장소를 원한다. 거실이 있으면 좋겠다. 거기에 방이 두 개쯤 더 있으면 더할 나위 없겠다. 먼저 서재를 꾸미고, 나머지는 옷장 겸 놀이방으로 이용하고 싶다. 금요일 밤엔 빔프로젝트로 멜로영화를 보고 싶다. 한 주를 버텨낸 진득함을 맥주 한 모금으로 위로할 테다. 그러기 위해서 열심히 글을 쓴다, 오늘도.

가벼운 안경이 ── 필요할 때

확연히 무게가 다른 두 개의 안경을 가지고 있다.

무거운 안경은 얼굴 너비보다 조금 작고, 다리가 두꺼운 것이 특징이다. 끝을 조금 벌려, 얼굴에 가져다 대면 플라스틱 다리의 압력으로부터 관자놀이가 짓눌리는 것을 느낀다. 30분 지나면 콧등까지 움푹 파여 쉽사리 지워지지 않는 자국이 생긴다. '쓴다'보다는 '끼인다'고 해야지 싶다.

감정이 앞서는 날에 무거운 안경을 찾는다. 물리적으로 꽉 잡아주는 무엇인가를 몸에 지니면, 흔들리는 마음을 고정해주는 단단한 기분이 든다.

　반면에 긴장하거나 신경이 날카로워지는 날엔 가벼운 안경을 먼저 찾는다. 베타 티타늄 소재로 만든 것인데, 철사를 구부린 게 아닌지 의심할 정도로 테가 얇다. 때로는 쓰고 있는지조차 잊게 만드는 것이 매력이다. 가벼워서 흘러내릴 것 같은 기분이 들면, 가끔은 그대로 미끄러져 내려도 좋겠다는 생각을 한다.

　짓누르는 모든 것으로부터 자유로워지고 싶다. 긴장의 끈을 풀고 싶다. 최소한 안경만이라도……. 그렇게 일상의 균형을 맞춰나간다.

저당 잡힌 ── 설렘

설렘을 저당 잡는 감정은 기다림이 유일하다.

버블티를 좋아한다. 매끈한 버블 한 알을 이 사이에 끼우고 깨지지 않을 정도로 물고 있을 때 느껴지는 말랑말랑함이 좋다. 입안에서 한참을 가지고 놀다 부수기를 결심했을 때 느껴지는 쫀득함도 좋다. 한 알 씹을 때마다 버블티를 맛보여준 그녀 생각도 함께 곱씹었다.

도서관에서 공부 중인 그녀를 데리러 가는 길. 버블티를 사기 위해 베스킨라빈스로 향했다. 지금은 버블티 전문 가게가 우후죽순 생겨났지만, 당시에는 먹어본 사람만 아는 낯선 음료였다. 나 또한 그녀와 한 번 마셔본 것이 전부였던 탓에 이름조차 기억하지 못했다.

점원을 붙들고 쫀득쫀득한 떡 식감의 알갱이가 들어 있었다고 설명했지만, 그녀는 이해하지 못했다. 그녀는 일을 시작한 지 1주일이 채 되지 않았다며 거듭 사과하다 끝끝내 고개를 떨구었다. 이미 약속 시간이 훌쩍 넘은 터라, 내겐 더 이상 버블티를 묘사하고 있을 여유가 없었다. 먼저 눈에 들어온 '스트로베리 블라스트'를 손짓하며 최대한 빨리 준비해주길 부탁했다.

훗날 던킨도너츠 앞을 지나다 유리창 한구석에 붙은 신메뉴 소개 포스터를 보고선 발걸음을 세웠다. 버블티를 마셨던 곳이 베스킨라 빈스가 아니었다! 그때 거듭 사과하던 점원이 떠올라 마음이 편치 않았다.

고백하러 가는 택시 안은 설렘과 긴장으로 버무려진 기운이 감돌 았다. 이날만 생각하면서 일주일 밤을 혼자 설렜다. 불 꺼진 방안에 서 버블티를 들고 고백하러 가는 상상을 수없이 연습했지만 결국 실 패하고 말았다. 현실은 늘 연습처럼 되지 않는 것이다.

손에 들린 음료, 버블티가 아닌 블라스트라는 사실에 나는 이미 전 의를 상실한 군인의 모습을 하고 있었다. 그러면서도 심장은 계속 뛰었다. 불안인지, 긴장인지, 설렘 때문인지 그 원인을 명확히 알 순 없었지만, 그녀에게 한 걸음 가까워질수록 모든 생각이 한곳으로 몰리는 기분만은 선명해지고 있었다.

블라스트에 꽂힌 빨대를 물고서 함께 기찻길을 걸었다. 이 기찻길로 말할 것 같으면 초등학생 꼬마 시절, 하루에 두 번씩 학교를 오가던 길이다. 이곳에서 좋아하는 여인과 나란히 걷다 고백할 계획을 세웠다. 이 얼마나 로맨틱한 발상인가.

끝에 다다르기 전에 고백하겠다고 다짐했건만, 오늘따라 유난히 짧기만 한 기찻길을 벌써 반이나 지나버렸다. 눈을 질끈 감고, 도착하기 세 걸음 전에 그녀를 돌려세웠다.

"나랑 만나자."

꼭 지금 대답해야 하냐고 반문했다.

"아니."

충분히 생각해도 좋은 척해버렸다. 어차피 좋아한 건 나라는 사실을 핑계 삼아서!

원하던 대답은 듣지 못한 채 집 앞까지 바래다주고 독서실로 돌아

왔다. 열었다 닫았다를 반복하는 폴더 휴대전화에 보조를 맞추듯 애꿎은 심장만 자꾸 뛰었다.

독서실 의자에 앉아 스탠드 조명도 켜지 않고서, 휴대전화만 내려다봤다. 밤 11시가 되어서야 휴대전화 화면에 불빛이 들어왔다.

'좋아.'

여태까지 심장이 단거리 마라톤을 뛰고 있었다면, 여섯 시간 만에 50미터 달리기로 종목이 바뀌었다.

그렇게 시작된 연애가 지금까지 계속되고 있다. 이제는 사소한 행동부터 표정까지 닮아버린 그런 연인 사이가 되었다. 8년째 연애 중이지만 여전히 가장 좋아하는 건 그녀와 마시던 버블티, 함께 걷던 기찻길이었음을 문득 잊고 산 것 같아 반성할 겸 글로 써보니 심장이 간질간질해진다.

계란찜의 마지막 한 술갈은 ─── 허허롭다

　계란찜 한 술갈은 꼭 아껴둔다. 밑반찬부터 다 먹고, 마지막 남은 밥술갈에 몽글몽글한 계란찜을 얹어 먹으면 그 여운이 배로 짙어진다. 초코파이 속 마시멜로를 아껴먹고 싶었던 어린 시절의 그 마음을 회상한다. 파이 부분만 걷어 먹고 마시멜로에 손대지 않으면, 마지막 한입 가득 쫀득함을 느낄 수 있어 좋았다. 닿기만 하면 사라지는 것들에 대해 허전함을 느낀다.

　해가 바뀔 때마다 조금씩 달려져야 한다는 일종의 강박감에 사로잡힌 시절이 있었다. 뭐든지 뚝딱뚝딱 잘해내는 어른이 되고 싶었는데, 나만 성장하지 않는 어린아이처럼 느껴졌다. 애달픈 날엔 그렇게 나를 방 안에 묶어두었다. 사는 게 꼭 계란찜 같아서, 빈 숟가락 핥는 일 없도록 최고의 날을 아껴둔 건 아닌지 모르겠다고. 그렇게 관조하고 나면 어린아이의 모습으로 돌아가지만, 되레 나이테는 깊어지는지도⋯⋯.

사는 게 꼭 계란찜 같아서, 빈 숟가락 핥는 일 없도록
최고의 날을 아껴둔 건 아닌지 모르겠다고.
그렇게 관조하고 나면 어린아이의 모습으로 돌아가지만,
되레 나이테는 깊어지는지도…….

돈이 ── 좋습니다

돈이 좋다. 겨우 간장 한 병 살 때, 50원 차이에 결정장애로 내몰리는 나를 발견할 때 더욱 그렇다. 종종 일하고 돌아와 옷도 갈아입지 않은 채 침대에 고꾸라져 잠들곤 한다. 시간 가는 줄 모르고 쌕쌕거리다 배고픔에 못 이겨 한밤중에 눈을 뜬다. 냉장고를 열어도 혼자 사는 집이 뭐 다 그렇지. 엄마가 보내준 반찬이 자리하고 있지만, 문제는 밥솥에 밥이 없다.

편의점에 가 즉석식품을 뒤적인다. 삼각김밥 두 개 골라 집고, 네 캔에 만 원짜리 수입 맥주도 신중히 고른다. 아쉬운 마음에 라면 앞에서 발걸음을 멈춘다. 늘 고민은 같다. 김치면 아니면 육개장. 결국 김치면을 골라 계산한다. 집에 같은 라면이 있다는 걸 알면서도 말이다. 먹는 것보다 사는 행위에서 더 큰 만족감을 느낀다. 양파와 계란만 사겠노라 다짐하지만 결국 먹을거리를 한아름 안고 온다.

혼자 먹는 밥에 쏟는 노력이 아까워 대부분 냉동식품이나 즉석식품을 소비한다. 감히 전자제품 회사에 한 말씀 올립니다. 냉장실보다

냉동실이 더 큰 냉장고를 만들어주세요. 혼자 사는 사람에게 냉장실은 생수와 맥주 넣을 공간만 있으면 충분하거든요.

38도가 넘는 날, 아스팔트 열기 속에서 무거운 짐을 들고 오는 건 자책골이다. 그래서 대형마트를 갈 땐 주로 지하철역 안을 벗어나지 않고 갈 수 있는 마트를 애용한다. 한 가지 아쉬운 점이 있다면 오가는 데 소비하는 교통비. 적게 사면 교통비 낭비라는 최면에 걸리기 때문에, 늘 계획에 없던 상품까지 주워 담곤 한다. '1+1'이 적힌 할인 태그만 보면 심장이 뛰는 것을 어찌하란 말인지.

요즘은 한 단계 더 성숙한 소비자가 되려고 노력 중이다. 어차피 나란 놈은 먹는 것보다 장 보는 걸 더 좋아하기 때문에, 집에 쌓인 것들을 보면서 만족감을 느끼지 않는다. 오히려 불만족에 가까울지도 모르겠다. 적게 사고 자주 가는 방법으로 스트레스를 풀어볼까 한다. 이젠 더 들어갈 냉동실 공간도 없으니까.

언제 적 —— 이야기

꼰대의 마음을 이해한다. '밥 먹고 공만 차는데 저것밖에 못 차냐'는 말과 '이 어린노무 자식'이라는 말을 거부감 없이 받아들일 때 헛기침으로 얼굴을 가려본다. 인생은 세금 내기 전과 후로 나뉜다는 어느 학자의 말에도 지극히 공감한다. 아버지가 괜히 월드컵 보다 맥주캔을 찌그러뜨리던 것이 아니었다.

인간은 누구나 경험하지 못한 것들에 대해 동경심을 느낀다. '어린노무 자식'이란 그런 동경에 대한 우쭐거림이다. 난 벌써 해봤다는 것!

20대 초반부터 아이들을 가르쳤다. '어린노무 자식'들과 부대낄 기회가 제법 빨리 있었던 것이다. 이들에게 김남일과 이을용은 김 아무개와 이 아무개 이상 어떤 의미도 없다. 원더걸스는 언제 적 가수인가 싶다.

 손가락을 세어보니 전부 2002 월드컵 이후에 태어난 아이들이었다. 아는 체하고 싶었다. 상대 선수의 고의적인 밀침에 화난 이을용 선수가 뒤통수를 날린 '을용타'에 대해서 떠들고 싶었다. 그렇게 혼자 신나 떠들고 나선, 눈길 한번 주지 않는 아이들한테 삐쳤다. 꽤 무안했다. 집으로 돌아오는 내내 곱씹을 만큼 말이다. 진득한 서운함에 민망함이 사무쳤다.

때론 나만 아는 은밀함이 좋다. 한 살이라도 어린 사람을 볼 때 이런 기분이 든다. 맥주 마시는 아빠 옆에서 환호했던 2002년에 대한 기억이 없는 것, 심지어 당시에 존재하지 않았던 아이들을 볼 때면 혼자서 보물 지도를 가진 엉큼한 기분이 든다.

'TMI'라는 말을 모른다. 그들이 쓰는 언어에 공감하지 못한다. 이제는 굳이 공감하려고 노력하지도 않는다. 이렇게 꼰대가 되어가는 건가! 저들도 보물 지도를 만들고 있는 중인지 모른다. 언젠가 자기들끼리 꺼내어 보면서 추억할 지도를 말이다.

보여달라고 하면 모를까. 나의 지도까지 굳이 펼쳐 보일 필요는 없을 것 같다. 꺼내보고 싶으면, 2002년을 기억하는 나의 친구들과 함께 추억하겠다. 종로3가 편의점 테이블에 앉아 유신헌법을 추억하는 어른들의 마음을 절반쯤 이해하는 요즘이다.

서른에 가까워져도 어른들 눈엔 철없을 나이인가 보다. 술 한 잔 걸치면 뭐가 되고 싶냐는 질문도 가끔 받을 만큼! 아니면 아직 아무 것도 되지 못해서 받는 핀잔인지도 모르겠고.

　어렸을 땐 꼭 직업으로 답할 궁리를 했다. 결국 입 밖으로 뱉은 말들은 전부 칭찬받기 위한 임기응변이었다. 돌이킬 수 없는 약속이었나. 십수 년 전에 무심코 했던 약속을 지킬 때가 되니 그 답이 더 어렵다. 대통령, 과학자라고 하면 머리 쓰다듬어주지 않는 애매한 나이가 가끔 서럽다.

　하나라도 꼭 되어야 한다면, 거부감 없는 사람이 되고 싶다. 무채색 아이답게 어디에다 붙여놔도 잘 어울리는 사람이면 좋겠다. 동시에 변화무쌍한 사람이고 싶다. 사람 만나는 것을 좋아하지만, 혼자 있는 것도 좋아한다. 대화하는 것을 좋아하지만, 생각하는 것도 좋아한다. 그래서 MBTI 검사할 때 늘 애를 먹었다. 측정 불가한 인간으로 남아야지.

성직자의 마음 안에도 흥분과 고독이 공존하게 마련이다. 내겐 지극히 자연스러운 이 두 가지 감정을 거리낌 없이 표현하고 싶은 욕망이 있다. 그래서 마이크와 펜을 같이 잡는다. 마이크를 잡을 땐 한없이 밝은 모습이었으면 좋겠다. 바보쯤으로 알아도 상관없다. 오히려 더 좋다.

반면에 펜을 잡을 땐 뾰족한 심 끝에 고독을 투영하고 싶다. 보고, 듣고, 느낀 것 중에서 입으로 뱉으면 그 맛이 덜해지는 말들을, 종이에 적어 표현하고 싶다. 멋있게 보이려는 대신 솔직함을 한 숟갈 더 얹고 싶다.

저마다 감추고 싶은 것들이 있다. 그러나 누군가는 한평생 감추고 갈 이야기를 아무렇지 않게 말로 하고, 글로 쓴다. 그렇다고 아무렇지 않은 건 아니지만 말이다. 입으로 뱉고 글로 쓰는 순간엔 초라한 자신을 마주하겠지만 저지르고 났을 때 쾌감은 근사하다. 남들이 알면 뭐라고 할까 우려했지만, 알았다 해서 달라지는 건 없었다.

혼자 있는 시간이 길어지면, 내가 만든 생각 속에 갇히곤 한다. 그럴 때마다 글을 쓴다. 펜을 돌려 나를 가두고 있는 자물쇠 푸는 연습을 하는 것이다. 세상과 단절되지 않으려는 일종의 몸부림이다.

좋았든 나빴든, 오늘의 것들을 털어버리고 난 뒤에 죄책감 없이 펄럭일 수 있는 이불이 나는 좋다.

성직자의 마음 안에도 흥분과 고독이 공존하게 마련이다.
내겐 지극히 자연스러운 이 두 가지 감정을
거리낌 없이 표현하고 싶은 욕망이 있다.

───── 갓

　탄수화물주의보. 제때 곡기를 섭취하지 않으면 차분한 사람의 성미를 까칠하게 만드는 증상이다. 우리 손 여사님이 꼭 그렇다. 반면에 박 사장님에겐 '팔팔 노이로제(팔팔 끓은 국에만 숟가락을 담그는 증상)'가 있다. 고모의 말에 따르면 그는 젊어서부터 유독 국 온도에 집착했다고 한다. 음식이 뜨겁지 아니하고 미지근하면 불합격이다. 그리고 두 사람의 지병은 막내아들에게 빠짐없이 전해졌다.

　유전자 검사가 판치는 주말 드라마를 보면서 '나도 친자식이 아니면 어떡하지?' 하고 고민한 적이 있다. 부질없음을 확인하는 데까지 그리 오랜 시간이 걸리지 않았지만 말이다.

　고등학생 시절, 교복 재킷 안주머니에 늘 넣어 다니던 가정 통신문이 있었는데, 이름하여 급식표. 매달 마지막 날 꼭 야간자율학습 3교시에 배부되었는데, 학생 40명은 일제히 하던 공부를 멈추고, 형광펜을 들어 좋아하는 반찬에 밑줄을 그었다. 그 옆에서 난 모든 요일의 국에 줄을 그었다.

작년부터 낯선 곳에서 편히 잠을 이루지 못한다. 시간이 더 지나면, 잠귀 밝은 것마저 닳아버릴까 봐 무서울 지경이다.

배달음식을 좋아하지 않는다. 하얀 플라스틱 용기에 담겨 진공팩으로 포장된 것들에서 입맛이 돋지 않는다. 갇힌 습기로 말미암아 비닐 위에 맺힌 이슬이 싫다. 갓 나온 호두과자 봉지를 반으로 접었을 때의 눅눅함을 느낀다. 플라스틱 용기의 인공적인 하얀 색감과 닭볶음탕의 빨간 색이 어울리지 못하고, 손에 쥐는 대로 변형되는 용기의 안정성을 의심한다. '딱딱한 것'들이 좋다. 갓 나온 것들에만 붙일 수 있는 수식어다.

열다섯쯤이었나. 앉은 자리에서 밥 세 그릇을 비워내던 시절이 있었다. 돌아서면 배고프다는 투정에, 엄마는 늘 빵을 사다 베란다에 두었다. 주로 단팥빵이나 새하얀 크림이 숨겨진 보름달이었는데, 대형마트에서 산 것들은 항상 세 개가 일렬로 포장되어 있었다.

　20년을 아무렇지 않게 먹던 것들이 요즘엔 그렇게 싫다. 빵이 비닐을 찢고 나오지 않았으면 좋겠다. 오븐에서 김을 뿜고 나오기를 바란다. 미리 만들어놓은 크림빵보다 갓 나온 바게트 본연의 맛이 좋다. 딱딱함 겉모습에 부드러운 속을 담고 있는 것, 요즘은 그런 것들에 자꾸 끌린다.

'딱딱한 것'들이 좋다.
갓 나온 것들에만 붙일 수 있는 수식어다.

하루 —— 냄새

새벽을 깨우는 커피 냄새가 좋다. 낮에는 종이 냄새를 맡고 저녁엔 기름에 튀겨진 닭 냄새가 그 자리를 대신한다.

냄새는 코끝으로 들어와 미각을 자극하기로 예정되어 있었겠지만, 특정한 냄새는 기억을 스치기도 한다. 음식의 맛을 향수(鄕愁)로 내었는지 모른다. 그리움의 대상이 무엇인지도 모르면서.

이럴 땐 냄새라는 말 대신 향기라는 말을 붙여주고 싶다. 그래서 아침엔 커피 향기, 점심엔 종이 향기, 저녁엔 기름에 튀겨진 닭 향기를 맡으면서 살고 싶다. 조금 늦은 밤엔 맥주 향기도 있었으면 좋겠다.

목티의 꺼칠함이 싫었다. 머리를 집어넣을 때 크게 한 번 늘어났다, 이내 목 두께에 맞춰 조여오는 스판덱스 느낌의 답답함이 싫었다. 엄마가 목티를 입혀주는 날엔, 꾸준히 목 부분을 늘리면서 하루를 보냈다.

까칠한 느낌은 좋지 않다. 운동하느라 박인 굳은살은 손에 잡히는 모든 것에 까칠함을 선사한다. 악수할 땐 굳은살이 닿지 않게 하려고 괜히 오므리기도 한다.

까칠함에는 역설적인 면이 있다. 발뒤꿈치에서 느껴지는 까칠함은 신발과 닿은 시간이 짧았다는 증거이지만, 손에 박인 굳은살은 철봉과 함께한 시간이 길었다는 증명이기도 하다. 변덕쟁이인 건가.

친밀도가 부족한 것들에는 충분한 시간이 필요하다. 시간만 허락되다면, 날 선 까칠함은 하루하루 무뎌질 수 있다.

반면에 태생부터 까칠한 것들, 예컨대 철봉 손잡이의 까칠함은 마주할수록 그 특징이 옴 붙게 마련이다. 꼭 사람의 까칠함과 별반 다르지 않다.

—— 간격

    간격에 적응할 수 없다. 사람도 사랑도 제 나름의 간격이 있게 마련인데, 그 선을 지켜내지 못해 일을 그르치곤 한다.

    칭찬에 인색한 여자가 있다. 예쁘다는 말을 듣고 싶어 하지만, 멋있다는 말은 잘하지 않는다. 급작스럽게 내린 소나기에 우산을 들고 뛰어와도 고맙다는 말이 전부다. 애가 닳은 남자는 스스로가 멋지지 않냐, 여자에게 듣고 싶었던 말을 제 입으로 뱉어버린다.
    "응, 그 말만 안 했으면……."

    공기의 무게를 견딜 시간이 필요하다. 말과 말 사이의 간격을 방해했을 때, 돌아서 후회하지 않은 날이 없었다. 일순간의 정적은 입술로 견뎌낼 수 있는 무게이지만, 후회는 기억 속에 진한 여운으로 남아서 삶 전체를 문득 괴롭게 한다.

간격에 적응할 수 없다.
사람도 사랑도 제 나름의 간격이 있게 마련인데,
그 선을 지켜내지 못해 일을 그르치곤 한다.

명치 아래에 멍 하나가 들었다. 겉에서 보이지 않는 감정이라는 장기 하나가 새파랗게 물들었다. 화사한 감정이라 배운 것들에, 긴장감이 더해질 때마다 생겨나는 멍이다. 예를 들면 아픈 사랑. 영화 속, 비극적 운명의 남녀 주인공들을 보는 때. 애잔함이 묻은 설렘을 표현할 단어가 생각나지 않아 이리 쓴다.

　첫 연애는 봄을 닮았다. 손이 닿고, 가슴이 닿고, 입술이 맞닿는다. 살결이 마주하는 과정은 꽃봉오리가 개화하는 흐름과 같다.

언젠가 그렇게 예뻤던 꽃이 지는 순간을 지켜봐야 하는 날이 온다. 폈을 때보다 져 있는 시간이 긴, 단조로운 일상에 익숙해져야 한다. 열매가 열리길 바라는 마음으로. 열매는 오랜 인연이 주는 신뢰와도 같다. 화려하진 않지만, 알찬 구석이 있거든.

어느 날, 살결이 닿던 순간, 짜릿함이 아닌 안도감이 먼저 들었다. 바람이 세차게 불어서 열매가 떨어진다 해도 그녀가 받쳐줄 것 같은 안도감 말이다. 내게 파묻힌 그녀가 편안했으면 좋겠다. 그녀도 내 마음과 같았으면 좋겠다.

성실의 —— 조건

결말이 정해진 드라마를 1편부터 챙겨보는 건 매가리가 없다. 그래서 내 인생만큼은 다음 편을 모르고 살아가는 중이다.

성격이 변했다. 더 이상 성실하다는 말을 듣고 싶지 않다.

아버지는 본인의 30대 시절부터 은퇴하기까지 한곳의 직장에서 일을 해오셨다. 요즘에는 그 의미가 무색해진 평생직장을 다니셨던 것이다. 이사나 고문 직함을 가진 것도 아니다. 현장에서 30년 동안 성실하게 일한 근로자 명찰을 달고 계셨다. 이런 집의 가훈은 보통 성실이게 마련이다. 우리 집 또한 말이다.

숫기 없던 초등학생 시절엔 인생을 통틀어 가장 성실한 생활을 했고, 중학생 시절 잠시 방황하긴 했으나, 수험생 땐 다시 성실해졌다. 멋모르고 성실했더니 내 이름은 성실한 아이였다. 싫증이 났다. 더이상 성실한 아이로 불리길 바라지 않는다. 그 뒤에 가려진 박철우라는 이름 석 자로 불리고 싶은 욕망이 인다. 문득 철우 엄마로 30년 가까이 살고 있는 여인에게 그녀의 이름을 불러주고 싶다.

　반기를 들었다. 더 이상 성실하지 않겠다고 말이다. 대학교 1학년을 마치고, 달라진 삶의 자세를 공언하기라도 하듯 휴학을 선언했다. 군 면제자가 말이다.

　20대 초반, 성실할 수 있는 기회를 여봐란듯이 걷어찼다. 공부해서 좋은 학점을 받고, 대기업에 입사해 '누구보다 빨리' 행복한 가정을 꾸리길 바랐던 아버지의 꿈같은 것 말이다.

　그 꿈에 부흥한 첫째 누나는 공무원이 되었다. 그녀의 결정에 첨언하고 싶지 않다. 타인의 삶에 대해 이렇다 저렇다 논할 권리가 내게는 없다. 그만큼 나의 삶에 대한 어떤 첨언도 바라지 않는다.

　경제적인 결말이 정해진 사람과 그렇지 못한 사람, 두 쪽 다 불안하긴 마찬가지일 것이다. 그러니 이대로 불안하게 살겠습니다, 아버지.

—— 경제적인 결말이 정해진 사람과 그렇지 못한 사람,
두 쪽 다 불안하긴 마찬가지일 것이다.

어중간한 저녁 시간을 지나 새벽을 기다린다. 아홉 시에 밀려오는 혼란스러움이 싫다. 생각은 많아지고, 잠들기엔 이른 애매한 시간의 불안감이 싫다. 홀로 깨어 있는 새벽의 고독감이 좋다. 지극히 혼자여서 행복한 시간!

술이 좋아져서 큰일이다. 한 잔의 술을 목 뒤로 받아 든 첫날을 추억한다. 아픈 이마를 부여잡고 실수하지 않을까 발끝에 힘을 주고 걷던 날, 그땐 술 뒤에 가려진 사람이 좋았다. 희희낙락한 분위기를 즐기고자 아픈 머리를 저당 잡았다. 하지만 요즘은 사람보다 술이 좋아져서 고민이다. 적당한 취기가 올라올 때쯤 느껴지는 횡량함과 고독감이 좋다.

욕심을 부리지 않는 유일한 시간이다. 해가 내리쬐고 그 아래서 사람들이 걷기 시작하면 소음이 거리를 가득 메운다. 그 속에서는 물질적인 욕심을 추구한다. 그렇지 못한 자신을 질책해야만 한다. 그러나 새벽은 그렇지 않다. 가벼우면서도 무거운 기분이 생각을 온전히 덮어버린다.

부귀영화를 저당 잡힌다 해도, 내어주고 싶지 않은 소중한 시간이다. 아홉 시에 훌쩍 자러 가버리던 아버지의 마음을 오늘에서야 이해한다.

———— 반성문

정의롭지 못한 일을 했습니다. 무슨 일이냐 묻고 싶겠지만, 차마 고백하기 부끄러워, 홀로 가슴에 새기려고 합니다. 단지 마음의 짐을 덜어내고 싶은 자그마한 이기심으로 글 몇 자 끄적입니다. 그렇게 후회의 순간을 묻으려고 합니다, 남몰래.

그렇게 후회의 순간을 묻으려고 합니다,
남몰래.

작은 —— 위로

　가르치려 해선 안 되는 것과 가르칠 수 없는 것이 있다. 타인이 받은 상처의 무게를 가늠하려는 것이 꼭 그렇다. 전부였던 이를 떠나보낸 실연의 무게를 알 수 없다. 죄 없는 부모님이 죽어 나가는 것을 지켜봐야 했던 광주의 상처를 감히 아는 척하지 않았으면 한다. 괜찮다는 말도 입 밖으로 뱉지 않기를 바란다. 눈물을 흘리면 마음껏 울 수 있도록 인기척 내지 않고, 도우려 나서지 않는 것이 우리가 할 수 있는 끝자락의 도움이다.

이제야 후회하는 ── 것

이성의 칼날이 무뎌졌으면 하는 밤이다. 슬픈 것을 보고 한없이 슬퍼했으면 한다. 기쁜 것엔 더없이 기뻐하고 싶다.

슬플 때나 기쁠 때, 한구석에선 늘 다른 생각을 키워왔다. 꼭 두 쪽 다 시간 낭비라는 생각이 들었으니까.

한 인간은 무엇을 느끼느냐에 따라 결정된다는 사실을 미처 알지 못했다. 느낄 시간에 가지기 위한 준비를 했다. 그랬던 시간이 후회로 남는다.

한 치 앞이 보이지 않는 칠흑 같은 어둠도, 간신히 형체만 구별할 수 있는 옅은 어둠도 전부 어둠이다. 그런 검은 세상은 보기 싫은 것을 가리기도, 보고 싶은 것을 숨기기도 한다. 어둠의 농도를 결정하는 건 그걸 바라보는 내 진심이었던 것이다.

검은 세상은 보기 싫은 것을 가리기도,
보고 싶은 것을 숨기기도 한다.

소설은 이상理想이다. 일어나진 않지만, 일어나길 바라는 욕망을 담고 있다. 현실에 없는 격앙된 말투를 쓰지만, 꼭 그 낯섦에 속고 만다. 마음이 흔들린다.

등장인물도 모두 허구다. 소설로 먼저 읽은 영화는 웬만해선 보지 않는다. 여태 그려온 주인공의 이미지와 연기하는 배우의 인상이 상반될 때 밀려오는 실망감이 싫다. 허구로 시작했으면 허구로 끝내겠다. 감독이 선택한 배우를 마음속 주인공으로 택하라고, 누구도 내게 그리 말할 자격이 없다.

　노래 한 곡에 마음이 차분해지는 때면, 나는 문득 한없이 가벼운 존재라는 생각에 사무친다. 해가 떠 있을 때 하던 고민들에 부끄러움을 느낀다. 늘 걷던 쪽으로 한 걸음, 어둠이 드리우면 그 반대쪽으로 한 걸음 더. 꼭 그렇게 균형을 맞춰가는지 모르겠다. 언젠가는 밤낮의 걸음걸이가 같은 곳을 향하기를 바란다. 어쩐지 낮의 발걸음을 돌리기가 쉽지 않다.

삶은 ——— 감자

불볕더위는 싫었지만, 어려서는 손꼽아 여름을 기다렸다. 내게 여름은 흘러가는 계곡물에 손바닥을 부딪치고 햇감자를 연신 즐기기 위한 계절이었다.

엄마는 햇감사가 나오는 때, 시골에서 20킬로그램씩 주문해서 베란다에 재워두었다. 그날부터 식탁은 온통 감자로 도배되었다. 감잣국, 감자볶음에 카레까지…… 매혹적인 감자 요리들이 줄을 이었지만, 그중에서 나는 삶은 감자를 제일 좋아했다.

'타박감자'라고 들어는 봤는가. 사투리인지 표준어인지 정확히 알지 못하는데, 생각건대 엄마 고향에서 사용했던 용어로 추정된다. 누군가가 타박감자가 무엇이냐고 묻는다면, 입안에 들어갔을 때 타박타박한 감촉이라고밖에 설명할 수 없다. 휴게소에서 파는 알감자의 매끄러운 표면과는 확연히 다르다. 타박감자는 한눈에 보기에도 거친 인상을 준다. 그러나 막상 입안에 들어가면 그 거친 표면은 눈 녹

듯 사라진다. 슈크림처럼 말이다.

여름방학, 늦잠 자고 일어나면 늘 식탁 위에 삶은 감자가 김을 모락모락 뿜고 있었다. 눈도 제대로 뜨지 않은 채 식탁에 앉아 오른손엔 숟가락을, 왼손엔 설탕통을 들었다. 감자 한입에 설탕 한 숟갈……. 여전히 설탕 뿌린 달걀 토스트와 더불어 어린 시절의 향수를 느끼게 하는 맛이다.

어른이 된 뒤 설탕이 내는 단맛에 거부감을 느낀다. 그래서 감자를 먹는 때 설탕 없이 먹곤 한다. 그러다 보면 큰 감자는 두 개 이상 먹기가 힘들다. 부드러운 감촉보다 퍽퍽한 감촉이 지배적이다. 물론 타박감자라면 말이 다르겠지만, 타박하게 삶는 것 또한 기술인지라 내겐 그런 기술이 없다.

대개 삶은 감자는 식은 뒤 누린내를 낸다. 본연의 맛을 진하게 즐기려면 먹고 싶을 때마다 삶아내야 하는데, 그런 번거로움을 감내할

자신이 없는 홀로살이는 점점 더 감자의 매력으로부터 멀어지는 중
이다.

　대신 고구마에 끌린다. 설탕을 첨가하지 않아도, 식어버려도, 본연
의 단맛을 끝까지 잃지 않는 고구마가 좋다. 감자보다 목 막히는 느
낌은 더하지만, 그 또한 고구마의 특성일 뿐이다. 갈수록 자연스러운
것이 좋다. 숨기는 것보다 드러내는 것이…….

게스 —— 청바지

광역버스가 한적한 시골 마을을 지날 때쯤 할머니 두 분의 대화에 귀가 열렸다.

"어휴! 아직 어려서 그런지 생각이 없어, 생각이."

"누구? 김서방? 몇 살이나 됐는교?"

"오십이 살."

철없는 나이 오십엔 무슨 생각을 하면서 살까. 여전히 알람 소리를 듣고도 못 들은 척 꺼버리는지, 가끔 카스보다 칠성 사이다가 마시고 싶은 날도 있는지 문득 궁금해진다.

아버지는 젊어서도 청바지를 입지 않으셨다. 가죽 재킷 입고 오토바이 타는 아저씨가 당신의 로망이라고 말하면서도 청바지 입기를 유독 부끄러워하셨다. 그런 아버지가 환갑을 앞두고 청바지를 즐겨 입으신다. 그것도 게스로 말이다. 엉덩이 윤곽이 조금 드러나도 오케이!

취미가 생기셨다. 자전거 타기다. 처음엔 도심형 자전거를 타시더

니, 한 달 뒤엔 로드바이크를 덜컥 사 들고 오셔서 일주일 동안 엄마
의 따가운 눈초리를 받았더랬다. 평일엔 노트북 앞에 앉아 자전거 부
품을 쇼핑하고, 주말엔 자동차 트렁크에 자전거를 싣고 낙동강을 가
로지른다.

벌써 무릎만 두 번 깨 먹으셨다. 그저께는 더위를 먹어 한 주 내내
병원 신세를 졌다. 누나의 말에 따르면, 요즘은 자전거랑 대화까지
하신다고 한다. 그런 아버지의 모습이 낯설다. 일요일이면 거실 소파
에 지쳐 잠든 모습이 내가 기억하는 아버지의 주말인데 말이다.

직업을 선택할 땐 늘 밥벌이를 우선순위에 두라고 말씀하셨다. 그
래서 학생 때 나는 진로 문제가 밥상 위에 오르는 것을 기피했다. 그
러더니 몇 년 전부터 아주 가끔 말씀하신다, 하고 싶은 거 하라고. 그
런 날은 동창회 등에서 술을 잔뜩 드신 날이다. 물론 술기운이 걷힌
뒤 아버지에게 나는 또다시 구박의 대상이 되었지만.

모처럼 밤기차를 타고 집에 내려왔다. 한숨 푹 자고, 오랜만에 회도 먹고 바람도 쐴 겸 마산 앞바다로 향했다. 몇 년 만에 찾은 그곳의 풍경은 많이 변해 있었다. 횟집은 사라지고 그 자리에 프랜차이즈 카페가 즐비했다. 어린 시절 추억의 장소들이 하나씩 사라지는 것에 대한 상실감과 더불어 낯섦을 느낄 수밖에 없었다.

더욱 낯설었던 건 아버지가 엄마 손을 꼭 잡고 걷는 장면이었다. 나란히 걷다 누가 먼저랄 것도 없이 손을 내밀어 포개는 모습이 영락없는 20대 연인이었다. 30년 가까이 보지 못했던 광경에, 예순을 바라보는 아버지의 머릿속이 궁금해졌다. 그를 바꾼 건 전환이었을까, 해방이었을까.

예순을 바라보는 아버지의 머릿속이 궁금해졌다.
그를 바꾼 건 전환이었을까, 해방이었을까.

의무라는 단어는 무겁다. 일상을 유지하기 위해 하기 싫어도 해야 하는 마땅한 움직임. 혼자 살다 보면 사소한 의무조차 홀로 감당해야 하는 서러움을 겪는다. 빨래를 돌리지 않으면 얼굴 닦을 수건이 없고, 전날 밤에 밥 안쳐놓는 걸 깜빡하면 편의점 샌드위치로 아침을 대신해야 한다.

　공과금 지로 용지는 끊김 없이 날아오고, 가산금을 물지 않으려면 기한 내 납부해야 한다. 나는 민방위 대원이다. 1년에 한 번 4시간 교육을 받으면 되지만 그렇게 시간 내기가 버겁다. 분기마다 교육 통지서를 전달하는 통장 어머님의 구박을 받고도 연말에 겨우 이행한다.

가장 무거운 의무는 당연히 밥벌이의 의무다. 책을 껴안고 온종일 뒹굴고 싶지만, 시간 맞춰 일하러 나가야 하는 현실이 초라하다. 책도 돈이 있어야 살 수 있으니까. 돈을 밝히면 속물이 되고, 없으면 의무를 다하지 못하는 세상에 살고 있다. 잡다한 의무로부터 탈피하고 싶다. 그러기 위해서 오늘도 잡다한 고민을 한다.

교회 —— 운전사

아이는 비밀이라면서 검지를 입술에 갖다 대었다.

"아빠는 부처님 믿고, 엄마는 예수님 믿어요."

아버지는 부산 출신으로 경상도 남자의 표본이랬다. 늘 뒷짐 지고 걷기를 즐기시며, 작은 일에도 욱하는 기질이란다(모든 경상도 남자가 그렇다는 건 아니다, 나 역시).

"그리고 이건 저랑 엄마밖에 몰라요."

어머니는 아버지 몰래 10년째 신앙생활을 숨기고 있다고 했다. 들으면 들을수록 자꾸만 속는 기분이 들었다. 현실적으로 말이 안 되잖아. 사실이면 〈세상에 이런 일이〉에 제보라도 할 생각이었고, 거짓말이면 향후 소설가를 직업으로 권해주려 했다.

"아버지가 교회 버스 운전해요."

그렇다. 불교 신자인 아버지의 직업은 공교롭게도 교회 버스 운전사였다. 수요예배가 있는 수요일, 그리고 특히 일요일은 가장 바쁜 날이었다. 그 틈을 타 어머니는 옆 동네 교회로 갔다. 아버지의 직업이 완벽한 알리바이를 제공한 것이다.

"정말 비밀이에요."

아이는 엄마의 비밀을 꼭 지켜주고 싶어 했다.

지금은 미국으로 이민 간 지인의 이야기다. 집안 대대로 불교를 믿어왔는데, 막상 북미 지역엔 절이 흔하지 않아 걱정하셨다. 지천에 교회밖에 없다며, 스님한테 조언을 구하러 가셨단다.

"지금부터 예수를 믿으십시오. 부처를 믿건, 예수를 믿건 살아 있는 동안 무엇이든 믿으면 됩니다."

나는 종교가 없다. 그래서 그들이 늘 옳다고 말하는 종교가 의심스럽다. 정말로 신이 있다면, 한 명이지 않을까 싶은데……. 최소한 국회처럼 300명씩 앉아서 치고받고 싸우진 않을 테니 말이다. 신이 하나라면 신앙서도 하나만 정답일 테고, 그 나머진 모두가 거짓이겠지.

참견하기 시작하면 꼭 그 절대자를 의심하고 싶은 나쁜 마음이 든다. 거짓말쟁이라 부르고 싶지 않다. 어느 종교건 그저 독단적이지 않고, 서로를 성가시게 하지 않길 바랄 뿐이다.

———— 새송이버섯

플라스틱 용기에 포장된 채소를 주로 사 먹는다.

점심시간에 맞춰 간 터라 마트엔 계산 줄이 길게 늘어졌다. 무료함을 달래려 주변을 기웃거리다가 앞선 장바구니에 시선이 멈추었다.

플라스틱 용기 위에 놓인 새송이버섯은 유달리 희었다. 꼭 그렇게 보이길 바랐던 것처럼 말이다. 겉은 투명한 비닐로 진공포장이 되었는데, 신선함을 강조하는 문구가 적혀 있었다.

인공의 플라스틱 안에서 신선함을 부각하는 모습이 퍽 부자연스럽다. 새송이버섯의 흰 피부를 강조하기 위한 검은색 플라스틱 용기도 어설프다. 마치 3월의 캠퍼스 풍경을 보는 듯했다. 본연의 것을 찾지 못해 안절부절못하는 스무 살의 모습이 겹쳐 보였다. 새송이버섯은 감당할 수 없는 스타일의 코트를 입고 신사의 무게를 흉내 내고 있었다.

플라스틱 용기 위에 놓인 새송이버섯은
유달리 희었다. 꼭 그렇게 보이길 바랐던 것처럼 말이다.

무형의 것들이 좋다. 햇살, 바람, 이런 것들 말이다.

형태가 없는 것들은 의도를 가지고 나타나지 않는다. 말 그대로 바람처럼 왔다 바람처럼 갈 뿐이다. 스쳐 간 바람에 대한 해석은 바람을 쐬었던 사람의 몫으로 주어진다.

내게 보통의 비는 공기에 중량을 싣고 한 번의 호흡을 무겁게 하는 존재이지만, 어느 날의 비는 낭만이 된다. 무형의 것들에서만큼은 여전히 우리에게도 선택의 여지가 남아 있다.

반면, 형태가 있는 것은 죄다 의도를 가진다. 그 점이 부담스럽다. 언제부턴가 우리는 짜인 의도에 부합하는 사람이 되려고 노력해왔을 뿐 제 나름의 해석은 용납되지 않았다.

유형의 것들에 지칠 때쯤 무형의 것들을 바라봤으면 한다. 하늘을 올려다볼 때 가슴이 먹먹해지는 이유가 있다. 대개 하늘에 있는 것들은 자연스럽기 때문이다.

소주—— 첫 모금

  안 마셔 버릇하니 소주가 썼다. 어르신이 권한 잔을 사양할 수 없어 무심코 입속으로 털어 넣었다. 맛보다 무게감이 먼저 느껴졌다. 혓바닥을 굴려 소주를 휘감았다. 입안에 퍼지기 시작한 소주의 향을 떠받들다가 그 짙은 향을 더 이상 견뎌낼 수 없을 때쯤 삼켰다. 풍만한 알코올 향이 목 뒤를 타고 흘렀다. 썼다. 맛으로 치면 맛없는 쪽에 가깝다. 내게 소주는 그 정도의 술이다.

　소주를 즐겨 마시는 이들에게 첫 모금의 맛을 묻고 싶다. 세상은 그보다 향이 좋은 술로 넘쳐나게 마련인데, 오랜 세월 한국의 대표 술로 자리 잡은 이유는 무엇일까. 독한 술도 참고 잘 마실 수 있다는 자부심이었을까. 아니면 열등감이었을까. 그도 아니면 소주의 쓴 향이 정말이지 달콤하게 느껴지는 것인가.

　지끈한 머리 때문에 쉽사리 잠들지 못하는 밤이다.

고기 —— 향수

　부모님은 여전히 채식을 즐기신다. 식탁 위엔 나물 반찬이 주를 이루고, 육류가 아닌 생선구이가 오른다. 그래서 어린 시절 고기 구워 먹는 날은 조금 특별한 날이었다. 장 보는 엄마를 따라갔다가 카트에 삼겹살이 담기는 것을 보자면 구워 먹을 순간만 손꼽아 기다렸다.

　엄마가 신문지를 깔라고 하는 저녁이면, 그때 비로소 고기를 굽는다. 거실 바닥에 기름이 튀지 않도록 두 겹씩 넓게 깔아준다. 그러고는 베란다로 쏜살같이 달려가 내 키보다 조금 높은 선반 위에 놓인 전기 그릴도 꺼내 온다. 마지막으로 할 일은 방문 닫는 일이다. 고기 냄새가 방 안에 스며드는 것을 막기 위함이다. 안방문과 누나 방문은 쿵 소리 날 정도로 크게 닫고선, 내 방문은 슬쩍 열어놓는다. 고기 냄새가 방 안으로 은밀히 스며들길 바랐기 때문이다. 잘 때도 맡고

싫었으니까. 엄마는 보릿고개 시절에 고기 냄새 쫓아다니는 놈 같다
며 늘 꾸지람을 했다.

커서는 고기 냄새에 저항한다. 가게에 들어서면, 겉옷 담는 봉투부
터 찾는다. 지퍼까지 꼭 잠근 뒤 의자 밑에 고이 모셔둔다. 집으로 돌
아갈 땐 카운터에 놓인 페브리즈를 잔뜩 뿌려 스며든 고기 냄새를
싹 다 지운다. 방문을 슬쩍 여는 일도 더 이상 하지 않는다.

조금 울적한 날, 친구와 소주 두어 잔 나눠 마시고는 집으로 돌아
왔다. 계산은 끝냈지만, 카운터 앞에 서서 페브리즈를 뿌리고 싶진
않았다. 부질없는 삶의 무게를 논하느라 잃어버린 동심을 찾아 위로
받고 싶었다. 사라진 것들을 추억하고 나면, 짓누르던 것들이 조금은
가벼워질 거 같았다. 그리하여 고기 냄새를 안고서 집으로 털레털레
걸어왔다.

솔릭, ——— 2018

비바람이 사납다. 태풍 솔릭이 자신의 영향력을 과시하려는 듯 두어 시간 전부터 작정한 것처럼 비바람을 퍼붓는다. 하필이면 접이식 우산을 가지고 나와서 어깨가 많이 젖었다. 기상예보는 차도 뒤집을 수 있을 만큼 거친 바람이라 했지만, 티셔츠로 스며든 물이 어깨를 적실 때쯤 안전의 위협보다 술 한 잔 생각이 간절해졌다. 나 또한 작정한 것처럼 이 밤에 내리고 싶다.

비와 죽마고우라 한들, 막걸리는 혼자 마시기엔 멋쩍은 술로 생각했다. 최소한 내겐 그랬다. 마주 보는 이도 없이, 혼자 가라앉은 막걸리를 뒤섞고 유리컵이 아닌 사기그릇에 따라 마시는 행위가 어색하기 그지없다. 하지만 오늘 밤엔 그걸 원한다. 혼자여서 더욱이!

수입 맥주의 우아함은 필요치 않다. 투박한 빗소리 장단에 맞춘 라거 맥주는 장터에서 열린 클래식 연주회일 뿐이다. 방 안을 가득 메운 습기를 쫓기 위한 탄산기는 막걸리에서 발효된 것만으로 충분한

밤이다.

　현관문 앞까지 도착한 발걸음을 돌려 기어코 오
르막길 편의점에 발을 들여놓았다. 늘 클라우드 맥주 한 캔만 건네
는 내가 막걸리 한 병을 내밀자 아저씨가 피식 웃는다. 뒤에 별다른
말은 없었지만, 빗소리 듣고서 막걸리 사러 뒤돌아선 걸음을 눈치챈
듯싶다. 같은 생각일지도 모르고.

　냉동실 안에서 살얼음이 끼길 기다리며 몇 자 끄적여보았다. 그 덕
분에 기다림의 질투를 견뎌내고, 그 감정이 설렘으로 바뀌는 중이다.

　오늘의 일기는 나의 이기심이다. 막걸리가 어는 동안 놀아줄 친구
가 필요했고, 소기의 목적을 달성했으니 무턱대고 글을 끝맺으려 한
다. 꽁꽁 얼기 전 떠나야만 하는 나의 불안감에 넓은 이해를 바란다.

지하철역에 들어서면 습관적으로 이어폰을 찾는다. 딱히 듣고 싶은 노래는 없지만, 세상의 잡다한 소리가 듣고 싶지 않아서 이어폰으로 선을 긋는다. 그 마음은 완벽한 차단을 원했다.

나의 퇴근길은 3호선을 타는 것으로 시작하는데, 환승역인 고속터미널역까지 가는 동안, 열차 안은 적막함으로 가득하다. 굳이 귀에 이어폰을 꽂지 않더라도 생각이 흩어지지 않는 시간이다.

반면 열차에서 내려 7호선으로 환승하는 길에 이어폰을 꺼내 든다. 세 개의 호선이 교차하는 고속터미널역은 사람들의 대화 속에서 희로애락애오욕喜怒哀樂愛惡慾, 모든 감정이 표출되는 장소이기도 하다.

귀를 연 채 걷다 보면, 나도 모르게 자꾸만 누군가의 대화 속으로 이끌리고 있음을 인지한다. 이어폰은 나의 감정이 아닌 것들에 이끌

리지 않겠다는 일종의 저항의식이다. 그새 LED 광고판에서 흘러나온 CM송이 이어폰을 뚫고 침투한다.

7호선 열차 소리가 꽤나 시끄럽다. 오히려 이어폰을 빼고 있을 때 그 소음의 크기를 알아차리지 못하지만, 귀를 덮고 나면 소리가 아닌 소음이었음을 체감한다. 볼륨을 최대한으로 키웠음에도 열차가 레일 밟는 소리를 이기지 못한다. 여기에 불투명해진 사람들의 대화 소리까지 화음을 넣는다.

혼란스럽다. 귀는 어느 소리에 집중해야 할지 갈등하다 방향을 잃고 말았다. 소음이 겹쳐지면 머릿속엔 이유 없는 불안감이 찾아왔다. 참을 길이 없어 귀로부터 이어폰을 해방시켰다. 차라리 외면할 수 없는 소리에 귀 기울이기로 했다.

믹서기가 망가졌다. 몸이 운동하는 것을 내심 자랑이라도 하고 싶었던지, 무심코 준 악력에 플라스틱 손잡이가 부러졌다.

원룸과 믹서기는 퍽 어울리지 않는 조합이지만, 나의 살림엔 그런 것이 몇 가지 있다. 그중에서 믹서기는 비린내 나는 닭가슴살 쉐이크를 만들기 위한 수단으로 존재한다.

우리 집안은 대대손손 길고 얇은 몸매를 물려주고 있다. 사는 동안 반은 자랑이었고, 반은 열등감이었다. 장점은 관리하지 않아도 살이 막 찌지 않는다는 것, 단점은 관리해도 근육이 잘 생기지 않는다는 것이다. 일주일에 다섯 번, 2년 넘는 시간 동안 운동했지만, 탄탄한 구릿빛 근육은 여전히 환상으로 남아 있다.

콩팥 수치를 높인다는 이유에서, 의사 선생님으로부터 시판 보충제 섭취 금지령이 떨어진 이래, 닭가슴살 쉐이크는 나의 유일한 단

백질 보충 수단이 되어왔다. 웨이트 트레이닝을 노동이 아닌 운동으로 인정받기 위한 최소한의 발악인 셈이다.

오늘 낮까지만 해도 잘 쓰던 믹서기는 엄마가 이사할 때 가져다 놓은 것이다(TV도 그렇고. 생각해보니 부모님 댁에서 받은 살림살이가 꽤 많다. 나는 뭘 해줬더라). 그래서 그 가격은 알 길이 없다. 다만 새로 사 온 믹서기의 파괴적인 소음을 듣고서 이전 것의 가격을 추정해볼 뿐이다. 싼 게 비지떡! 믹서기의 소음에서 엄마의 잔소리가 들리는 듯했다.

믹서기를 사용하는 시간은 주로 오전 7시. 삶은 닭가슴살을 곱게 갈아 헬스장으로 나서는 시각이다. 그런데 그가 돌기 시작하면 옆집 사람들이 죄다 깨고 만다. 소음을 듣지 못했다면 죽었다고 봐도 무방할 것이다.

대안이 필요했다. 믹서기의 소음을 줄일 방법 말이다. 닭가슴살과

우유 300ml, 꿀 한 스푼을 떠 넣고 부엌이 아닌 방 안에다 전기선을 꽂았다. 들어보았다. 아니다, 안아보았다. 여전히 소음이 줄지 않았다. 문득 어렸을 때 부엌에서 하던 텐트 놀이가 떠올랐다. 양옆에 식탁 의자를 기둥 삼고, 그 위에 이불을 올려놓고 하던 놀이 말이다.

마침내 이불을 뒤집어썼다, 믹서기를 안은 채. 이렇게까지 해야 하나 싶은 민망함과 잊고 있었던 추억을 함께 버무렸다. 분명한 건 기분이 별로 좋지 않았다는 점이다. 다 큰 어른이 뒤집어쓴 이불 속 공간은 꼭 죄를 지은 것만 같은 께름칙한 기분을 자아냈다.

문득 어렸을 때
부엌에서 하던 텐트 놀이가 떠올랐다.

　비밀번호를 누르고, 현관문을 열어젖혔다. 순간 바나나 익는 향이 코끝에 짙어졌다. 어제는 좋지도 나쁘지도 않던 냄새였지만, 오늘은 나쁜 쪽으로 한 걸음 더 내디딘 듯했다. 습기를 머금은 공기는 매끈한 외형에 반점을 찍고, 그 달콤한 향기를 시큼하게 바꿔놓았다.

　본래 싱싱했던 것들도 시간 앞에 무릎을 꿇는다. 매 순간 향기가 악취라는 이름으로 바뀌어가는 장면을 지켜보아야만 한다. 어디 사람이라고 다를까.

본래 싱싱했던 것들도
시간 앞에 무릎을 꿇는다.

술기운에 젖어 글을 쓰다 보면, 머리보다 손이 더 빠를 때가 있다. 꽤 기분이 좋다.

마침표를 찍고서 훑어본다. 불과 5분 전의 생각을 종이에 옮겼음에도 표현들이 낯설게 다가온다.

의도치 않았다. 한 잔의 술에 손가락 끝은 숨겨두었던 문장들을 서슴없이 써 내려갔고, 두 잔의 술에 그리움에 사로잡혔다. 여전히 그리운 것이 무엇인지도 모르면서. 석 잔의 술은 남아 있던 찌꺼기들을 모조리 토해내게 했다. 눈앞에 너부러진 토사물은 중요하지 않다. 토해내고 난 뒤, 속에서 느껴지는 개운함이 목적이었으니까.

아침에 일어나 어젯밤 쓴 문장들을 되돌아볼 때, 후회로 가득하다면 지워버리면 그만이다. 술기운 덕분이겠지만, 솔직한 나의 감정을 마주할 수 있었던 용기에 의미를 부여한다. 이토록 겁이 많아서 한 잔 술을 끊지 못한다. 이불을 베고선 이불을 찾았다.

한 잔의 술에 손가락 끝은
숨겨두었던 문장들을 서슴없이 써 내려갔고,
두 잔의 술에 그리움에 사로잡혔다.

간사한 —— 진심

내게는 여태 가까운 친구, 아니 가족한테조차 말한 적 없는 비밀이 하나 있다. 그건 태어날 때부터 심장의 기능이 보통 사람들과 조금 달랐다는 것이다. 보통은 하나의 심장을 가지고 태어난다는데, 나는 용량이 다른 심장을 종류별로 가지고 있으며, 마음은 뻣뻣하게 굳어 있지 않고 흘러 다닐 수 있는 액체라는 사실. 어디로든 흐를 수 있어 한 사람에게 담아두지 않았고, 훌륭한 냉난방 시설을 갖추고 있어서 데웠다 식히는 것도 자유자재였다는 사실.

여러 심장 중에 '간사함'을 품은 심장이 있다. 예컨대 책을 껴안고 방바닥을 뒹굴다가 약속 장소에 나가려 하면 이내 귀찮아지는 마음이 생기는데, 이게 다 간사한 심장의 농락이다. 당신이 싫다는 건 아니다. 정말로. 누웠다 하면 몸을 일으키지 못하는 내가 싫어진 경우라고 해두자.

특정 역에서 어르신이 대거 탑승하는 때, 눈을 감는 이들을 보며 느낀 감정도 진심이었지만, 가능하면 어르신들이 내가 앉은 자리 앞으로 다가오지 않았으면 바랐던 것도 진심.

1년에 한두 번 간사한 심장이 가장 활기를 띠는 때가 있는데, 바로 책이 출간되는 날이다. 원고 쓸 때는 마음대로 써놓고, 서점에 놓이는 때 많이들 읽어주길 바란다. 기회가 된다면 친구들에게 좋은 책으로 소개되었으면 싶은 거다. 이거 참으로 간사한 마음이 아닐 수 없다.

이왕 커밍아웃한 김에 하나의 비밀을 더 공개한다(오늘 고백이 좀 많다).

한겨울, 목적 없이 내리는 눈을 참 좋아한다. 덮어야 할 마음이 많아서 그렇다. 혹시 내게서 당신과 함께 눈을 보고 싶다는 말을 들은 적 있다면, 한 해 동안 당신에게 나쁜 마음을 참 많이도 먹었다는 뜻이겠다.

　그럼에도 눈을 보고 들어왔을 때 어묵탕을 끓여 소주 한 잔을 나누고 싶은 마음도 진심이겠다. 그리하여 당신과 나의 마음 사이에 생긴 빈 괄호를 못 다한 이야기들로 채우겠다는 야심이겠다. 이런 당신에 대한 나의 마음이 허언이라고 불리진 않길 바란다. 단지 내 심장의 모양이 유별나게 생겨 그렇다 이해해주시라.

한겨울, 목적 없이 내리는 눈을 참 좋아한다.
덮어야 할 마음이 많아서 그렇다.

마지막 —— 걸레

치웠던 걸레를 다시 깔았다. 방 안으로 물이 떨어지는 에어컨을 여름 내내 고치지 못한 탓이다.

8월 말, 이젠 다 지났을 거라 생각한 무더위가 태풍까지 몰고서 다시 기승을 부린다. 문을 열어젖힐 수 없어 떨어지는 물을 받친 채 에어컨을 틀었다.

잠들기 전, 걸레를 반듯하게 정돈했다. 이 걸레마저 다 젖는다면 그다음은 어떻게 될지 아직은 잘 모르겠다.

에어컨 바람을 맞으며 덮는 이불이 사치스럽지만, 소소하고 확실한 행복임엔 틀림없다.

어른이 되면 과자가 싫어진다고 했던가. 튀김 위에 묻은 조미료에서 한결같은 맛을 느낀다. 갈수록 입맛이 까탈스러워져서 내심 걱정이다. 라면 국물보다 추어탕 국물의 자연스러움이 좋고, 비빔면보다는 다진 마늘 씹히는 비빔국수가 좋다.

자꾸만 인스턴트에 탈이 난다. 늦게까지 마신 막걸리 탓에 아침부터 속이 아렸다. 엄마가 끓여준 추어탕이 먹고 싶었다. 다 먹은 지 오래라는 것을 알지만, 혹시 한 봉지라도 남아 있지 않을까 싶어 괜히 냉동실 문을 열어 뒤적였다. 마땅히 속을 풀 길이 없어 라면을 끓이기로 했다.

찬물에 스프를 풀어놓고 충분히 끓여준다. 나는 물이 끓기 시작할 때 올라오는 칼칼함을 좋아한다. 기침을 유도하는 그 냄새를 말이다. 곧이어 면이 들어가고 나면 밀가루 냄새가 녹아드는데, 칼칼했던 냄새를 덮어버리고 국물에 전분기를 코팅하고 나면 비로소 라면이 완성된다.

식탁에 앉아 젓가락을 들었다. 한입에 들어온 면발에서 인스턴트의 비린 맛이 난다. 내가 원한 건 이런 맛이 아니다. 이건 라면을 잘못 끓여서가 아니다, 맛이 달라진 것은 더욱이 아닐 테다. 단지 내가 조미료 스프와 밀가루 향기에서 정을 뗀 것뿐이리라.

끓이기 전부터 이렇게 될 줄 알았으면서, 스프를 넣을 때의 칼칼함만을 기억하면서 매번 라면 끓이기를 반복한다. 그런 내가 한심하기 짝이 없다.

자몽 ── 샌드위치

　유독 토요일 기분을 만끽하고 싶은 날이 있다. 여름에서 가을로 넘어가는 사이, 습한 공기는 사라지고 건조한 바람이 처음 불기 시작한 날, 그날이 오늘처럼 토요일이라면 더욱 그렇다. 방문 안으로 들어오는 공기가 가볍다. 가벼워진 어깨만큼 작은 사치를 부리고 싶은 기분이 들었다. 점심을 대충 때운 뒤, 백팩을 둘러매고 서울숲으로 나섰다. 평소와 다를 것 없는 초록색 나뭇잎마저 한 잎 한 잎 특별해 보였다.

　오랜만에 한 끼 밥값이 넘는 커피를 시켰다. 같이 먹을 샌드위치도 골랐다. 평소엔 누리지 않지만, 누렸다 해서 가계에 커다란 영향을 끼치는 것이 아닌 작은 사치는 하루를 즐겁게 만드는 구석이 있다.

　두리번두리번. 화려한 사람이 많다. 그들 사이를 비집고 들어가 앉아 책을 꺼내 들었다. 책 한 페이지에 샌드위치를 한 입을 베어 물었다. 빵이 거칠게 느껴질 때쯤 라떼를 마셔 빵의 존재감을 무너뜨렸다. 보름달이라 불린 빵을 먹을 때부터 가졌던 오랜 습관이다. 우유

에 녹은 빵의 부드러움이 그렇게나 좋다.

샌드위치에 너무 열중한 탓이다. 책 위로 크루아상 부스러기가 떨어졌다. 그 자그마한 부스러기를 손끝으로 옮기고 싶었다. 조심스럽게 다가가 꾹 눌러서 말이다.

터졌다. 종이에 붉은 물이 들었다. 빵 부스러기에서 붉은 물이 나올 리 없잖아. 나는 생각했다. 한참을 들여다보고서야 샌드위치 속에 들어 있던 자몽 알갱이임을 눈치챌 수 있었다.

초등학생 시절, 우산 없이 비를 맞고 뛰어가다 쫄딱 젖은 교과서가 떠올랐다. 냉동실에 얼리면 빳빳하게 펴진다는 말에, 사흘을 얼렸지만 결국은 쭈글쭈글해진 책으로 1년을 공부했던 기억이 선명하다. 그 후론 종이에 물이 닿는 것을 극도로 꺼렸다. 하지만 오늘은 아니다. 붉게 물든 종이도, 마른 후 주름진 책도 그 자체로 매력적이다.

인생의 명장면은 설레는 마음이 견인해준다고 믿는다. 홀로 카메라 앞에 서기를 쑥스러워하는 사람, 포즈라고는 뻣뻣한 차렷 자세밖에 모르는 그녀조차 인생의 명장면 속에서 주인공이 아닌 적 있었을까.

명장면 속 명배우는 자신의 연기에 취해 넋을 잃고 만다. 망막을 통해 들어오는 상이 점점 흐려지기 시작하면, 정신은 예상치 못한 추억 속으로 빠져든다. 몸은 쥐가 난 듯이 조금 전율하고 열기가 달아올라 '아찔'한 기분, 그러니까 설렘이다.

분명 다른 바람이 불었지. 가을바람, 설렘. 햇볕의 빛깔도 조금은 달랐던 거야, 설렘. 기억의 냉동실 만들어 그때의 감정을 소분해서 얼려놓을 수 있다면 마음 뻑뻑한 날 특히 오늘 같은 날엔 두 봉지 정도 데워서 습윤상태로 촉촉이, 설렘.

고백하자면, 나는 특별한 것에 설레지 않는다. 사람으로 빼곡한 지

닿는다는 건 단순한 접촉만을 의미하는 것은 아니다. 손등 위로 포개지는 엄마 손의 질감과 연인과 깍지를 낄 때 느껴지는 손의 질감은 확연히 다르다. 사람이나 사물, 그 고유의 질감은 그들의 첫인상을 결정하고 추억의 한 장면을 만들어내기도 한다.

어제부터 아이패드로 전자책을 읽고 있다. 어쩐지 있어야 할 것들이 제자리에 있지 않은 기분이 든다. 지나치게 매끄러운 화면, 오히려 빛을 비추면 보이지 않는 글씨. 글보다 책이 조금 더 좋았음을 오늘에서야 깨닫는다.

지나치게 매끄러운 건 부자연스럽다. 종이를 만질 때 느껴지는 미세한 까칠함이 좋다. 그것 없이는 글을 읽어도 비판의식 같은 건 생기지 않는다. 지나치게 매끄러운 감각의 현혹이다. 적혀 있는, 아니 나타나 있는 활자 그대로의 의미를 받아들이고 싶다.

화면을 덮은 보호필름이 지하철 불빛을 반사한다. 여러 각도로 기울이며 글자를 찾기 위해 안간힘을 쓴다.

샌들을 신지 않고 몇 해 여름을 보냈다. 몇 날 며칠 쏟아지는 장대비, 비가 그친 뒤 내리쬐는 한여름의 무더위까지. 양말을 덧대지 않고 순수한 발로 걸어 다니는 이들이 부럽다. 난 맨발을 드러내는 게 꼭 맨몸이 되는 것처럼 쑥스러운데 말이다.

올해는 반드시 샌들을 신겠다, 봄부터 다짐해왔다. 백화점만 가면 그 자신감이 어디로 가는지 모르겠지만 말이다. 삐죽 발가락이 드러나는 게 어색해 샌들을 신으면 자꾸만 발가락을 오므린다. 숨겨둔 무엇인가를 들킨 사람처럼……

블로퍼라는 신발을 주문했다. 앞에서 보면 구두와 같은 형상이지만, 뒤꿈치가 슬리퍼처럼 뚫려 있다. 양말 없이 신는다는 점에선 샌들이나 다름없다. 반면에 앞은 막혀 있어 타인의 시선으로부터 도피처를 제공한다. 발가락 다섯 개를 삐죽 내밀지 않아도 양말이 주는 갑갑함을 면제받을 수 있다는 점이 무엇보다 호쾌하다. 내 일상의 많은 것이 여전히 쑥스럽다.

각 맞추기를 좋아한다. 뭐든지 줄 세우기도 좋아한다. 그렇다고 냉장고 안에 든 맥주 캔까지 일렬로 줄 세우진 않는다. 단지 남들보다 돌돌이를 빈번하게 굴릴 뿐이다.

부피가 큰 겉옷들은 행거에 걸어서 정리한다. 그 행거는 현관문을 열면 절반 정도 보이는 곳에 있다.

호캉스. '호텔로 가는 바캉스'의 줄인 말이다. 나에게는 늘 호캉스 가는 기분으로 집에 들어가고 싶은 로망이 있다. 집은 육체적으로, 정신적으로 도피처 역할을 수행하는 곳. 너저분한 도피처를 좋아하지 않는다. 그래서 현관문 열면 처음 눈에 들어오는 곳, 행거 주변을 늘 깨끗하게 정리한다. 풍수지리설 책을 읽고, 현관 앞에 화병도 놓고 액자도 하나 걸었다.

그럼에도 유독 정리가 되지 않는 곳이 있다. 싱크대 밑 수납장. 각

종 냄비와 프라이팬에 간장과 설탕까지 뒤죽박죽되어 있다. 두어 번 시도해보았지만, 일주일이면 다시 난장판이 되는 바람에 슬그머니 정리하기를 포기한 상태다.

어떤 날은 참기름병 위로 프라이팬이 아슬아슬하게 매달려 있기도 하고, 그걸 까먹은 채 위로 양은 냄비를 쌓으려다 와장창 무너뜨려 참깨통을 쏟는 일도 종종 벌어진다.

오늘도 현관문을 열고 집에 들어오려는데, 채 닫히지 못하고 빼꼼히 혀를 내밀고 있는 수납장 문이 눈에 먼저 들어왔다. 겹겹이 쌓인 프라이팬의 손잡이가, 들어가지 않겠다고 강렬히 저항하고 있었다. 그걸 또 힘으로 밀어 닫고선, 길이별로 줄 맞춰 옷을 정리하는 내가 웃길 뿐.

옳은 쪽으로 걸으려 했으나, 이젠 옳은 것의 정의조차 헷갈리는 지경이 되었다. 각자는 정의로웠지만, 그런 서로를 향해 총을 겨누어야만 하는 상황이 현실에서도 빈번히 발생한다. 지켜야 할 것들을 지키기 위해서 말이다.

뉴스엔 연일 10대 폭행 사건으로 시끄럽다. 그 잔인함에 대해서 소름이 끼친다. 경찰서에 잡혀 와도 잘못을 뉘우치지 않는 그들에게 사회는 질타를 보낸다.

반면에 나의 머릿속에선 가해자도 피해자라는 생각을 지울 수 없다. 죄를 감해주자는 말이 아니다. 폭행 사태를 일으킨 것은 그들의 잘못이나, 그런 폭력성을 키워준 사람 대다수가 그들을 낳은 부모라는 사실을 외면할 수 없어 슬픈 것이다.

나쁜 죄는 있어도 나쁜 사람은 없다는 말에 어느 정도 공감한다. 상담하면서 흔히 문제아라고 불리는 아이들과 오랜 시간 이야기할 기회가 종종 있었다. 이들은 늘 인정받고 싶었고, 칭찬받고 싶었을 뿐이다. 마음 안에 악마를 키워온 건, 칭찬 한번 해준 적 없는 부모 밑에서 자랐기 때문일지도 모른다. 애정을 지키기 위해, 칼을 품은 아이들이었다.

가해자 학생들을 소년원에 보내는 것으로 해결될 문제가 아니다. 소년원에 간 아이들은 상처를 새기고 사회로 돌아와 더 큰 범죄에 가담할 것이 분명해 보였다. 최소한 내가 느낀 바로는 그랬다. 그렇다고 솜방망이 처벌을 할 수도, 죄가 없다고 할 수도 없는 현실 앞에서 정의란 무엇인가에 대해 다시 한 번 고민해본다.

　여름이 시작될 무렵, 긴 팔은 겹겹이 쌓아 장롱 깊숙이 넣어버리고 짧은 옷가지를 꺼내 들었다. 1년 만에 수납장을 탈출한 옷들은 그새 많이 변해 있었다. 검은색 티셔츠는 색이 바래 회색빛이 감돌았고, 목이 늘어난 티셔츠와 지난해 한 번도 입지 않은 셔츠들은 버릴지 말지 올해도 어김없이 고민하게 만든다. 매년 같은 고민을 하는 것도 이제는 지겨워서, 헌옷수거함에 가차 없이 밀어 넣고 집을 나섰다. 빈자리를 대신할 티셔츠 세 장과 바지 두 벌을 샀다.

　침대에 던져둔 종이가방에서 옷을 꺼내 하나씩 걸 때 기분이 좋다. 쇼핑 직후 한동안은 새로 산 옷들만 입는다. 사실 그 재미도 2주를 넘기지 못하고 지겨움에 저당 잡힌다. 그다음은 작년에 사둔 옷, 재작년에 사둔 옷들을 번갈아 입으며 또다시 2주를 지낸다. 하지만 이마저도 흥미를 잃는 순간이 온다.

　다시 새 옷이 사고 싶다. 온라인 쇼핑몰에 접속해 장바구니에 담고, 지우기를 반복하며 또 다른 2주를 흘려보낸다. 그렇게 옷이 질릴 때쯤 계절이 바뀌어간다.

　가을 냄새를 풍기기 시작한 요즘, 이유 없이 같은 행동을 반복하고 있다. 유독 공허함만 짙어질 뿐이다.

욕실문 —— 뒤편

뿌연 습기로 가득 찬 욕실문을 열 때, 밀려드는 찬바람에 기분이 좋다. 물기로 완연한 몸은 굳이 수건으로 닦지 않더라도 바람에 한 방울씩 말라가는 공허함을 즐긴다.

상쾌함에 중독되는 계절답게 가을의 공기는 더 이상 무겁지 않다. 한여름 동안 어깨를 짓누르던 습기 머금은 공기가 사라진 기분을 즐겨야지. 약한 바람에 날지 못하고 땅에 묶여 있던 가오리연의 해방감과 같다.

깜깜한 하늘 아래 깨어난다. 피곤함이 담보로 잡는 건 이슬 머금은 새벽 공기가 전부다. 침대를 벗어나지 않고도 손만 뻗으면 닿는 창문을, 눈도 뜨지 못한 채 힘껏 열어 젖혀놓고는 다시 30분을 깊은 잠에 빠진다. 해가 뜨기 직전의 매서운 추위를 이기지 못하고 결국 잠에서 깨어난다. 그땐 이미 새벽 공기가 방 안을 가득 채우고 난 후다. 상쾌함에 취해 하루를 담백하게 시작한다.

—— 침묵

의사의 침묵은 날카로운 두려움이다. 차트를 내리는 마우스의 움직임이 더뎌질 때, 갑자기 말이 없어질 때, 덩달아 옆에 있던 간호사가 어디론가 바삐 전화를 걸 때, 온몸이 허공에 뜨는 긴장감을 느낀다.

반면에 기분 좋은 침묵도 존재한다. 연말 시상식에서 대상 발표를 앞두고 MC가 뜸을 들이는 때, 지켜보는 후보자의 마음이 그렇다. 침묵에 기대감을 염원한다.

좋건 싫건 유연한 일상엔 침묵이 필요하다.

침묵이 없는 사람은 가볍다. 마음이 하는 소리를 거르지 않고, 곧장 입으로 뱉어버리니까. 뒤에 숨겨진 의미가 무엇인지 몰라도, 설령 나쁜 결과라 해도 침묵 뒤엔 늘 1밀리미터씩 성숙해져 있었다.

좋건 싫건 유연한 일상엔 침묵이 필요하다.

미스터 ── 인크레더블

아기자기한 소품들을 좋아한다. 집안 구석진 곳에 세워두면 예쁜 것들로 말이다. 매년 일러스트페어, 리빙페어 등 '페어'라고 이름 붙은 곳들을 부지런히 찾아다니는 이유가 여기 있다.

요즘엔 레고 피규어 모으는 재미에 푹 빠져 있다. 그중에서도 디즈니 에디션 레고들은 나의 동심을 지켜주는 존재로, 특히 아끼는 친구들이다.

어린 시절, 일요일 아침마다 조금 이른 시각에 디즈니 만화를 방영해주었는데, 요즘처럼 재방송이 흔하던 시절이 아니라서 본방사수가 필수였다. 광고의 지루함을 견디느라 꾸벅꾸벅 졸던 기억도 이제는 다 추억이 되어버렸다.

그녀는 영화관 가던 발걸음을 멈추고 북적이는 코엑스 한가운데 멈춰 섰다. 새로 생긴 디즈니 스토어로 나를 이끌고 가서는, 랜덤 패키지로 둘러싸인 레고 피규어를 고르지 못해 한참이나 망설였다. 나는 인파로 둘러싸인 갑갑함으로부터 벗어나고 싶은 마음에, 촉이 온다는 감언이설로 대충 골라 집은 뒤 눈앞에 들이밀어 구매를 강요했다.

알라딘 왕자가 나타났다. 생각보다 실물이 예쁘지 않은가. 귀여운 소품만 보면 참지 못하는 나의 성미에 슬슬 발동이 걸렸다. 어느새 나왔던 가게로 다시 돌아가 인크레더블 피규어를 갈망하고 있었다.

여자 친구 피규어는 마음대로 뽑아놓고, 정작 내 것을 사려니 식은 땀이 등줄기를 타고 흘러내렸다. 간사한 마음이 아닐 수 없다. 일일이 패키지를 만지작거리면서 인크레더블 방패를 찾고 있었다. 영화를 예매해놓은 것도 깜빡 잊고서 말이다. 집었다 놓기를 수십 번, 결국 옆에 있던 그녀가 폭발하고 말았다.

패키지 오픈을 앞두고. 피규어가 뭐라고 그렇게나 떨렸던지. 여자 친구한테 먼저 보라고 건넸다.

"대박!"

그 속엔 지니가 요술 램프를 들고 서 있었다. 알라딘 피규어를 뽑은 여자 친구는 커플 피규어가 나왔다며 좋아했고, 그 눈치를 보면서 남자 친구는 실망감을 삭였다. 분명히 인크레더블 방패라고 뽑았는데, 그건 피규어를 세워놓는 받침대였던 것이다.

영화관이 어두워졌다가 다시 환해질 때까지 나의 집착은 멈추지 않았다. 한 번만 더 시켜주면 '미스터 인크레더블'을 뽑을 자신이 있는데……. 이래서 복권 같은 거 잘 안 사는데, 무언가에 홀린 듯 온종일 알 수 없는 실망감에 사로잡혀 있었다. 미안해요, 김영광 씨 그리고 박보영 씨…….

영화관이 어두워졌다가 다시 환해질 때까지
나의 집착은 멈추지 않았다.
한 번만 더 시켜주면 '미스터 인크레더블'을
뽑을 자신이 있는데…….

—— 갈증

목마른 꽃은 물을 준다고 다시 피지 않더라.
말라버린 잎에 손이 닿기만 해도 무너져 내린 것처럼.
우리 관계가 그랬다.

고전 —— 읽기

읽기 버거운 책들은 빌려놓고 연체시키는 데 익숙하다. 읽어야 한다는 의무감에 집어 오고, 제대로 읽어야 한다는 부담감에 하루 이틀 책장 위에 올려놓고 바라만 보다가, 결국 연체료를 지불한 뒤 있어야 할 곳으로 돌려보낸다.

책은 고작 몇백 원의 비용만 지불하면 제자리로 돌려보낼 수 있어 좋다. 사람보다 책이 편한 이유가 여기에 있다.

───── 아이폰

스마트폰이 거추장스럽다. 청바지 주머니에 넣으면 볼록 튀어나오는 모양새가 부담스럽고, 면바지에 넣으면 자꾸만 벨트를 끌어내린다. 가방에 넣자니, 혹여 어디선가 연락이 올까 봐 매 순간 오른손에 움켜쥔 채 놓질 못한다.

스마트폰을 손에 쥐고 있는 것만으로도, 정신이 짓눌리는 걸 느낀다. 손에 아무것도 없었으면 한다. 두 손과 어깨가 자유롭길 바란다. 많은 것을 만지고, 잡아야 할 것들을 잡기 위해서.

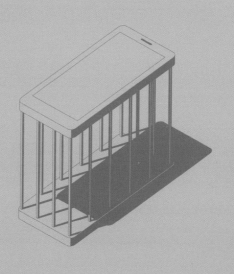

—— 멜로영화

　영화표가 만 천 원씩 한다. 스크린에 개봉하는 작품 중 수익을 내는 영화가 20퍼센트도 안 된다고 하니 공급자야 더 많이 받고 싶을 테지만, 소비자 입장에선 부담스러운 가격이 된 것도 사실이다. 예전처럼 보고 싶은 영화를 극장에서 다 볼 수 없다. 주로 007처럼 액션이 화려한 영화를 찾아가서 보고, 멜로 장르는 방 안에서 노트북 화면으로 감상한다.

　개인적 취향이지만, 결말은 뻔하고 과정이 재밌는 영화를 선호한다. 멜로 장르라면 더더욱 그렇다.

반전을 위해 많은 작품이 애틋한 주인공의 사랑을 비극적으로 끝
내는 플롯을 즐겨 쓴다. 관람자가 예측할 수 없는 결말을 꾸려야 기
대치를 높인다는 것도 이해하지만, 그 안에서 헤엄치는 비극이 나는
참 싫다.

영화가 끝난 후에도, 머릿속에 둘의 사랑이 오랫동안 잔상으로 남
아 맴돈다. 문득 생각날 때마다 어떻게 이어줄 수 없을까 하는 무의
미한 상상력을 발휘한다. 또 다른 영화로 잊힐 때까지 말이다.

섭취적 ── 인간

캐나다에서 '드라이브스루Drive-through' 서비스를 처음 이용해보았다. 한국의 편의점만큼이나 캐나다에는 '팀 홀튼Tim Hortons'이라는 도넛 가게가 흔한데, 도심 매장 앞에는 출근 시간만 되면 드라이브스루 이용객 줄이 길게 늘어져 도로의 경계선을 침범하는 광경을 흔히 볼 수 있다.

팽팽한 안전벨트에 갇혀 밥을 먹고 커피 마시는 행위가 퍽 부자연스럽다. 식탁에 앉아서 밥을 먹는 시간이 허락되지 않는 것만큼 서글픈 일도 없는데 말이다.

식사는 단순히 먹는 행위가 아니다. 에너지 보충에 의미를 두었다면, 섭취라는 말로 대신했을 테지만 굳이 식사라고 표현하는 데는 나름의 이유가 있을 터. 그러고 보니 나 또한 식사다운 식사를 해본 게 언제인지 가물가물하다.

식탁에 어울리는 서술어는 '둘러앉다'이다. 이제 식사는 '함께'의 의미를 상실하고, 트렌드는 드라이브스루를 향해 가고 있다. 출근길에 홀로 안전벨트에 묶인 채 에너지를 보충하며 식사의 의미를 대신한다. 그렇게 섭취적 인간이 되어간다.

—— 현관

집에 들어오는 방향 그대로 신발을 벗어두면, 문득 누군가 찾아올
것 같은 설렘이 든다. 반면에 신발을 돌려 나가는 방향으로 정리하
자면, 자꾸만 누군가 떠나갈 것만 같다. 그게 누구인지도 모르면서.
그래서 요즘은 신발 정리도 잘 하지 않는다.

집에 들어오는 방향 그대로 신발을 벗어두면,
문득 누군가 찾아올 것 같은 설렘이 든다.

—— 속독

책 읽는 일에 힘을 들이지 않는다. 흰 건 종이고, 검은 건 글씨여도 좋다. 속독도 독서인 이유다. 시선을 굴려 글자를 따라가다 보면 어느 한 부분의 추억 속으로 어느새 빠져버린다. 그렇기에

독서는 또 다른 의미로 사색이다.

—— 아집

나만의 것이 많아졌으면 좋겠다. 내 목소리, 내 글씨체, 내 체취까지……. 이름 적히지 않아도, 내 것이라는 사실을 알아줬으면 좋겠다. 매끈한 케이크에 포크를 꽂을 때처럼 나의 아집이 누군가에겐 달콤한 기억으로 간직되길 염치없이 바라본다.

나만의 것이 많아졌으면 좋겠다.
내 목소리, 내 글씨체, 내 체취까지…….

영국에선 아침상에 술이 올랐다고 한다. 엘리자베스 여왕도 쿠키와 맥주로 아침상을 간단히 꾸렸다고 전해지는데, 눈 뜨자마자 마시는 술은 과연 어떤 의미였을까.

현대에는 맥주가 놓이던 자리를 커피가 대신하고 있다. 필사적으로 아침잠을 깨우기 위해 진한 에스프레소를 넘기는 우리와 달리, 맥주를 마셨던 그 시절의 영국은 아침부터 부리나케 일하지 않아도 고용보장이 되었던 것인지 문득 궁금해진다.

리서치 회사에서 근무할 때였다. 대표님이 워낙 술을 좋아하셔서 회식할 요량이면 점심시간부터 시작했다. 동시에 한 가정의 어머니셨던 대표님은 퇴근 후엔 아이들을 돌봐야 한다는 명분으로, 근무시간을 제치고 술을 마시는 것에 정당성을 부여했다. 회사 전화를 휴대전화로 착신해놓고 점심시간부터 횟집에서 소주를 마셨다. 여기까지만 들으면, 직원들의 저녁시간을 보장해주는 좋은 회사 같아 보일지 모르지만, 반전은 늘 존재하는 법!

대표님은 본인의 배려만큼 취하길 바라셨지만, 그 상태로 6시까지 업무는 다 처리해놓아야 퇴근할 수 있었다. 차라리 6시까지 술을 마셔버리면 횟집에서 곧장 퇴근할 텐데, 보통 3시쯤 되면 자리를 털고 회사로 돌아가자 하셨다. 술기운이 오를 대로 오른 상태에서 미국에서 날아든 공문서를 번역하고, 오차 없이 통계 데이터를 뽑아내야 했다. 그동안 대표님은 집무실 소파에서 주무셨다. 직원들은 붉어진 얼굴로 단체 채팅방을 열어, 그 속에서 부당한 노사관계에 대한 깊은 토론을 벌였다.

혹시 영국도 엘리자베스 여왕이 애주가였던 건 아닌지. 아무쪼록 고용보장이 쉽지 않은 세상에 살고 있다. 커피로 잠이나 깨워야지.

지하철의 10시 풍경과 11시 풍경은 사뭇 다르다.

10시엔 주로 술에 취해 귀가하는 사람들이 공간을 에워싼다. 학원 마치고 집 가는 고등학생들도 곳곳에서 한자리씩 차지한다. 하루 중 지하철 내 소음이 가장 심해지는 시각이 바로 10시다. 술기운을 빌어 자기 목소리가 얼마나 큰지 모르는 사람, 앉으나 서나 옆 사람에게 몸을 기울이는 사람, 친구들과 신나게 욕을 하면서 집에 가는 고등학생들이 만든 하모니가 공간을 가득 메운다. 버젓이 임산부 좌석

에 앉아 야구 하이라이트를 챙겨보는 중년의 이기심만 제외하면 이
또한 사람 사는 풍경인데 말이다.

　반면에 11시가 되면 언제 그랬냐는 듯 한적해진다. 채워진 자리보
다 빈자리가 많다. 최소한의 자리를 채우고 있는 사람들은 야근을
끝내고 막차에 몸을 실었을 것이다. 피곤에 찌들어 자꾸만 고개 떨
구는 모습에서 삶의 고단함을 엿본다.

　10시에서 11시로 넘어가는 시간은 배신과 분노로 가득 찬 아침드
라마 속 주인공의 내면을 묘사한다. 술기운을 빌려 큰 소리로 저항
하는 시간이 지나고 나면, 조용히 혼자서 삭이는 시간이 찾아오는
서사를 퍽 닮았다. 그래서 기분에 따라 귀가하는 시간을 달리하기도
한다. 요즘엔 11시에 주로 몸을 싣는다.

두 개 아닌 —— 하나

한 마디의 말,
한 문장의 글,
영화 속의 한 장면까지.

장황하게 늘어놓지 않아도
때론 우연찮게 맞닥뜨린
두 개 아닌 하나에 감정이 미동하곤 한다.

후라보노를 ── 추억하며

어렸을 땐 슈퍼 문을 밀고 들어가면, 형형색색 포장지를 두른 껌이 제일 먼저 눈에 들어왔는데, 언제부턴가 소리 소문 없이 자취를 감추었다. 그것들은 꼭 초등학교 3학년생 허리쯤 되는 높이에서 시선을 끌었고, 슈퍼를 나설 땐 후라보노나 쥬시후레쉬 따위가 손에 들려 있었다.

요즘은 초콜릿과 젤리가 그 진열대를 대신 차지하고 있다. 껌은 제일 아래 칸으로 밀려나 있는데, 억지로 찾지 않으면 있는지조차 모르는 존재로 전락했다. 껌이 사라진들 일상 속에서 불편함을 체감하진 않겠지만, 그 추억마저 사라지게 될까 봐 퍽 마음이 아프다.

지난달 아지트가 문을 닫았다. 17년 동안 합정동 골목을 지켜온 치

킨집이 없어졌다. '임대'라는 말이 적힌 A4 용지가 가게 문에 붙은 것을 보았을 때, 불안한 기운이 맴돌았다. 사장님은 이제 그만하려고 한다는 얘기를 아무렇지 않게 했지만, 내겐 꽤 섭섭하게 들려왔다. 없어지기 전에 한 번이라도 더 와야지 다짐했건만, 오늘 저녁에 도착했을 때는 17년 동안의 대장정을 마친다는 짧은 인사말이 적힌 A4 용지와 마주할 수밖에 없었다.

언젠가는 그토록 좋아했던 후라보노 껌도 사라질 날이 오겠지. 포장지를 벗겨 반으로 접어서 혓바닥 위에 올려놓았다. 겉에 묻은 설탕 단 내에 미소 짓고, 두어 번 씹을 때 올라오는 청량감에 기분 좋았던 추억도 그렇게 잊히겠지.

놓치기 —— 연습

맥락 없이 흘러가는 전개도 좋고, 목적성 없이 흘러가는 시간도 좋다. 애써 붙잡으려던 것들을 놓아버리고 난 뒤, 지금의 것들에 집중한다. 열어젖힌 창문으로 가을바람이 불어온다. 얽매였던 모든 것으로부터 해방감을 느낀다.

열어젖힌 창문으로 가을바람이 불어온다.
얽매였던 모든 것으로부터 해방감을 느낀다.

진실 ── 혹은 거짓

솔직함 속에도 가식은 있게 마련이다. 네가 좋지만, 사소한 너의 습관이 싫을 때가 있고, 죽도록 싫은 너지만 부러운 감정이 느껴지는 걸 굳이 드러내진 않을 테다.

진실은 너를 대하는 매 순간 내 마음속에만 존재했다. 그 장면이
지나고 나면, 나조차 진실이 무엇인지 모른다. 뒤돌아 솔직한 방법은
없는 것이다.

—— 지금

시선이 흐릿해지는 시간이 좋다. 취할 때 느껴지는 공허하지만 꽉 채워진 기분이 좋다. 풀려버린 눈동자지만 실은 어느 때보다 집중하고 있는 남다른 시선에서 행복감을 느낀다.

한때 이런 몽롱함이 싫어서 맥주 한 캔을 멀리하기도 했다. 시선이 풀리고, 몸이 긴장하지 못한 상태를 죄악시했다. 또렷한 정신력에 이성적인 감정이 앞서던 지난날을 한 발짝 떨어져 회상해본다.

과거의 모습으로부터 어색함을 느낀다. 그렇다고 지금의 모습에 친숙한 것도 아니다. 단지 이 시간을 친숙하게 느낄 뿐이다.

시선이 흐릿해지는 시간이 좋다.
취할 때 느껴지는
공허하지만 꽉 채워진 기분이 좋다.

공상과 —— 현실

내가 만든 세계로 초대하고 싶다. 오직 나의 상상력에 의해 만들어진 세상 속에서, 되고 싶은 것이 되어보고, 살고 싶은 곳에서 살아보고, 느끼고 싶은 감정마저 싹 다 느껴볼 수 있는, 그 모든 소망을 하루 안에 이뤄줄 세상으로 나를 초대하고 싶다.

줄지 않는 호기심에 살을 붙여 공상하기를 즐긴다. 말도 안 되는 상상 속에 현실감을 조금 첨가하면 그 속으로 제일 먼저 들어가고 싶은 황홀감을 느낀다. 어리숙한 현실감을 가지고, 입시학원에 출근해 아이들을 대학으로 밀어 넣던 시절에 황량감을 느낀다.

내가 만든 세계로 초대하고 싶다.

착한 —— 이기심

나의 노력과 너의 진심이 다를 때, 노력은 상처가 되어서 돌아온다. 그리고 보면 상처는 꼭 받는 자의 전유물은 아닐지도 모른다. 착한 이기심이라는 말로 스스로를 위로한다. 주고 싶었던 마음도 어쩌면 내 이기심이었으니까. 그렇다고 미안하다고 말하기는 구차하니까. 그냥 착한 이기심 정도로 생각하고, 네가 한번 웃어주면 그걸로 나는 되었다.

네가 한 번 웃어주면
그걸로 나는 되었다.

아무것도 하지 않는 시간을 사랑한다. 최소한의 계획도 의무도 없는 시간이 좋다. 햇살이 들어오면 그에게 사로잡혀 조금 더운 기분을 견뎌낼 수 있는 마음속 여유를 지향한다. 그렇게 화창하던 해가 지려고 하면, 그만 가라고 놓아줄 것이다.

밝았던 세상이 어두움으로 가는 순간을 바라본다. 밝지도 어둡지도 않은 시간에, 낮과 밤의 경계 찾는 놀이를 하는 중이다. 여섯 살에 시작한 놀이는 여태 한 번을 성공하지 못했다. 완전히 깜깜해지는 경계의 장면을, 그 시간을 언젠가는 꼭 알고 싶다.

우주의 생生에 놓고 보면, 한없이 짧은 내 인생사 속에서 발악하며 살지 않겠다. 일 초 단위의 시간을 아껴 더 많은 것을 보고, 느끼면서 살아가겠다. 아무리 많이 가져도 우주보다 많은 것을 품을 수는 없을 테니 덤비지 않을 것이다. 대신 감히 우주도 침범하지 못한 감정 속에 빠지려고 한다. 나는 지구에 살았던 사람 중에서 가장 많이 느꼈던 사람으로 남길 바란다. 우주를 통틀어 '제일'이라는 명칭 하나쯤 가져가고 싶은 욕심이 생겼다.

엄마 이름 —— 네 글자

여섯 살에 처음으로 연필을 쥐고 한글을 쓰기 시작했다. 옹알이할 때 처음 뱉는 말이 엄마 아빠라면 글을 쓸 때도 마찬가지였다. 아빠 이름 밑에 엄마 이름을 쓰고, 그 밑에 큰누나와 작은누나 이름을 순서대로 연필심 꾹꾹 눌러 적었다. 정작 내 이름은 직계서열에 맞춰 제일 마지막에 연습했다.

적어놓고 보면, 둘째 줄에 적힌 엄마 이름만 유독 도드라져 보였다. 성이 달랐다. 당시 나는 그 차이를 이해하기엔 너무나 어렸던 것이다. 잘못 적었다고 생각했는지, 한 가족이라는 의미를 부여하고 싶었던 건지, 지금은 기억나진 않지만 늘 마지막에 엄마 이름 앞에 '박'을 새겨 넣었다. 그 시절 엄마 이름만 네 글자인 줄로 알았다. 글자 수의 차이보다 앞 글자의 다름이 선명하게 싫었던 것이다.

　엄마 이름을 세 글자로 온전히 적기 시작한 건 초등학교 입학 후로 기억한다. 전까지 네 글자로 쓴들 작은 핀잔으로 끝났겠지만, 학교를 다니면서부터 가정통신문에 엄마 이름을 제대로 적어 가야 했다. 그 날 밤 엄마는 말없이 지우개를 들고 본인 이름 앞에 붙여진 '박' 자를 쓱쓱 지웠다. 태어나서 처음으로 차이를 인정할 수밖에 없었다.

—— 여름가을

　마지막까지 떠나지 않으려고 버티는 여름 햇살과 이제 그만 자리를 비켜달라고 재촉하는 가을바람이 만나 더운 듯 덥지 않고, 시원한 듯 시원하지 않은 날씨를 자아낸다. 길가엔 반팔 티 한 장 걸치고 땀을 흘리는 사람과 후드티 입고 시보리 안으로 손을 숨기는 사람이 섞일 수 있는 유일한 시간이다. 티셔츠 안으로 땀이 갇히는 것은 꺼려지지만, 그렇다고 해서 한여름의 옷차림으로 길거리를 나서기엔 센스 없는 사람으로 보일 것만 같은 소심한 마음에 카디건을 들고 집 밖을 나선다.

가을을 받아들이고 싶었다. 지하철을 기다리면서 어깨 위로 카디
건을 슬쩍 걸쳐보지만, 이내 느껴지는 어떤 답답함에 다시 거두어들
이고 만다. 후드티를 입고 비니까지 쓴 채 스마트폰 게임에 집중하고
있는 저 친구의 진심은 무엇일까. 불편함을 감내하고 있는 신사의
마음일까. 아니면 저도 더운데 참고 있는 것일까. 문득 궁금해진다.

여름도 가을도 아니었던 날, 나는 지하철에 탄 수많은 사람 사이
어디에도 끼이지 못하는 듯하다.

합정에 —— 살어리랏다

익숙해진 것들에 곧잘 지루함을 느낀다. 나의 내면은 보지 못한 것들을 보고, 듣지 못한 소리를 듣고 싶은 욕심으로 가득 차 있다.

이사를 앞두고 있다. 전셋집 계약이 만료되어서 떠나는 것을 이사라고 할지, 이주라고 할지 모르겠지만, 아무튼 옮길 집을 물색하기 위해 노력 중이다.

졸업 후에도 여태 학교 원룸촌에서 살았다. 공동묘지를 밀고 지은 동네인지라 들어오는 족족 망한다는 상권을 끼고, "여기서 망해가꼬 택시운전을 한다"는 기사님의 말을 듣고도 떠나지 않은 건 도서관 때문이었다.

가끔 부모님 집에 내려가면, 반나절 정도 도서관에서 시간을 보내곤 한다. 하지만 이내 흥미를 잃고 만다. 중학교 다니던 때 봉사활동을 하면서 정리했던 책들이 여태 주류하고 있기 때문이다. 내가 국

립도서관을 선호하지 않는 이유이다.

반면 대학교 도서관은 신간도 자주 들어오고, 관리 상태가 깨끗한 편이다. 무엇보다 서점과 달리 눈치 보지 않고 마음껏 읽어도 되는 기분이 좋다. 마음에 드는 책을 무작위로 뽑아서 이 건물을 탈출할 수 있다는 생각은 묘한 흥분감을 불러일으킨다. 만약, 도서관에서 누리는 권력의 단맛이 없었더라면 진작 떠났을 동네다.

한 달 지나면 곧장 후회할지 모르지만, 홍대 주변으로 이사 가고 싶다. 아침마다 합정 교보문고에서 책을 읽고 싶다. 예쁜 연남동 카페에 가서 글을 쓰고, 친구와 헤어진 후에도 지하철을 타지 않고 걸어서 귀가하고 싶다.

상도동에 사는 동안은 생존과 불안감을 떨치기 위한 고민으로 가득했다. 송파구 문정동, 용인 동백동에도 다시는 머물고 싶지 않다.

좋은 기억으로 가득 찬 곳에서 또 다른 추억거리를 만드는 재미로 살고 싶다. 그러기엔 물가가 감당이 안 되지만 말이다.

────── 영화

영화를 고르는 안목이 시원치 않음을 애써 숨기지 않겠다(2018년 07월 기준). 금요일 밤, 홀로 앉은 방 안에서 쫓고, 쏘고, 터지는 것들을 주로 본다. 스토리라인은 무시한 채 CG의 매력에만 집중하는 것은 MSG 맛에 길들어 불량식품만 잔뜩 먹으려는 초등학생과도 별반 다르지 않다.

영화는 내게 비릿한 현실로부터 도피처를 제공한다. 어두워진 스크린 속에서 아이들이 뛰어나와 폭죽을 터뜨리기 시작하는 때, 일상이 그어놓은 가상의 선분을 의도적으로 이탈하는 수작을 부린다. 실제 일어나진 않지만 마음속으로 갈망하던 것들이 눈앞에서 그려지기 시작하면, 부동자세로 앉아 나를 잊는 연습을 하곤 했다. 그래서 멜로처럼 현실적인 이야기들엔 좀처럼 눈이 가질 않는다

—— 동질감

너는 내게 민정이었다가 은정이기도 했고,
남자였다가 여자이기도 했다.
당신에 대한 나의 감정이 바뀌는 때마다
당신의 이름을 하나씩 짓고 놀았으니,
이제 그만 내 몸속의 감기를 꺼내 가세요.

한 사람에게 사계절이 있다면, 당신의 봄을 미리 끌어다 쓴 탓에
올해 장마는 유난히 습습했고 무더위는 좁힐 수 없는 불신을 끓였다.
"길었던 여름이 지나고, 이제 추운 계절밖에 남지 않았으니, 그러
니 이쯤에서 우리 이별합시다" 하는 말을 버겁게 쏟아내고 돌아서
가는 길. 때 낀 마음 위로 벅차게 쏟아지던 낙엽비. 나무가 쏟아내는
잎을 차곡차곡 털어내다 든 생각.
'나도 누구에게 감기였던 적 없었을까?'
미움 뒤에 가려진 작은 연민으로 그대를 용서합니다.

'나도 누구에게 감기였던 적 없었을까?'
미움 뒤에 가려진 작은 연민으로 그대를 용서합니다.

감정의 —— 최소단위

복잡한 마음이 잘게 쪼개어지면 무엇이 될 것인가, 그 최소단위에 대해 고민해본다.

형태가 존재하는 것들은 잘게 쪼개어지면 입자, 더 잘게 쪼개어지면 분자, 깊숙이 들어가면 원자라 불리는 최소단위로 이루어져 있다.

눈에 보이지 않는다고 해서 쪼개어질 수 없는 것이 아닌데, 여태 불리지 않은 마음의 단위에도 이름을 붙여주었으면 한다. 복잡한 마음이 드는 때, 어떤 감정들이 모여 있는지 알 수 있도록 말이다.

—— 웃어라. 온 세상이 너와 함께 웃을 것이다.
울어라. 너 혼자만 울게 될 것이다

혼자 있는 시간에 익숙해질 때

초판 1쇄 인쇄 2019년 12월 02일
초판 1쇄 발행 2019년 12월 12일

지은이 | 박철우
펴낸이 | 전영화
펴낸곳 | 다연
주 소 | 경기도 고양시 덕양구 은빛로 41, 502호
전 화 | 070-8700-8767
팩 스 | 031-814-8769
이메일 | dayeonbook@naver.com
편 집 | 미토스
본 문 | 디자인 [연:우]
표 지 | 페이퍼마임

ⓒ 박철우

ISBN 979-11-90456-01-2 (03810)

이 도서의 국립중앙도서관 출판예정도서목록(CIP)은 서지정보유통지원시스템 홈페이지
(http://seoji.nl.go.kr)와 국가자료종합목록 구축시스템(http://kolis-net.nl.go.kr)에서
이용하실 수 있습니다. (CIP제어번호 : CIP2019049028)